Passions victorieuses

Barbara Cartland est une romancière anglaise dont la réputation n'est plus à faire.

Ses romans variés et passionnants mêlent avec bonheur aventures et amour.

Vous retrouverez tous les titres disponibles dans le catalogue que vous remettra gratuitement votre libraire.

Barbara Cartland

Passions victorieuses

traduit de l'anglais par Nicole SARDA

Éditions J'ai lu

Ce roman a paru sous le titre original :

A VICTORY FOR LOVE

NOTE DE L'AUTEUR

Pendant les guerres napoléoniennes, les armées de Wellington durent faire face à un très grave problème sur les champs de bataille, tant en France qu'en Espagne : les morts et les blessés subissaient l'assaut de pillards.

Quand, enfin, ils étaient recueillis par les soldats, les religieuses ou autres âmes charitables, ces malheureux avaient perdu leur identité.

Ces vols lâches et scandaleux se perpétuèrent longtemps, et mon grand-père se rappelait avoir vu à Sedan, en 1870, des centaines de lettres, écrites par des soldats juste avant leur mort, joncher le champ de bataille. Le vent les emportait après que les malheureux avaient été dépouillés de leurs uniformes et de tout ce qu'ils portaient sur eux.

1

1817

En ce début d'été, la forêt n'avait jamais été aussi resplendissante. Empruntant des chemins bordés de pierres moussues, Farica ne tarderait plus à déboucher dans une clairière d'où elle découvrirait la magnifique façade du château de Lyde. C'était une de ses promenades préférées.

La demeure du comte de Lydbrooke était à ses yeux un palais enchanté, un de ces palais que l'on trouvait dans les histoires merveilleuses que sa mère lui lisait dans son enfance et, plus tard, dans celles qu'elle se racontait en secret, et dont elle était invariablement l'héroïne. Sans qu'elle pût savoir si elle devait s'en réjouir ou non, Lyde symbolisait aujourd'hui son avenir proche.

Sa robe de mousseline verte se fondait dans le décor et la faisait paraître presque invisible. Elle se croyait seule, aussi quelle ne fut pas sa surprise quand elle vit, à quelques pas de là, un homme assis sur un tronc d'arbre. Elle avait elle-même pensé s'y installer pour contempler le château à son aise, et s'arrêta, contrariée de trouver la place occupée. Elle se demanda un court instant si elle ne ferait pas mieux de battre en retraite plutôt que d'engager une conversation qui ne l'intéressait guère.

C'est alors qu'elle vit la crosse d'un pistolet briller dans la main de l'inconnu ; en un éclair, elle comprit qu'il allait porter l'arme à sa tempe pour attenter à ses jours.

Elle n'hésita pas plus longtemps et s'élança vers lui.

— Non ! Ne faites pas cela ! s'écria-t-elle. C'est un geste vil et qui n'est pas digne d'un homme.

Tout en parlant, elle avait posé la main sur son bras.

Il leva son visage vers elle, irrité par son intrusion, et elle constata qu'elle avait affaire à un inconnu. Ils s'observèrent un instant en silence.

— Je suis désolée... j'ai craint que vous ne vouliez... vous tuer ! balbutia-t-elle en retirant sa main d'un geste maladroit.

— Et bien sûr, vous jugiez qu'il était de votre devoir de m'en empêcher ! fit-il d'un ton grave.

— Peut-être trouvez-vous mon intervention indiscrète, s'excusa Farica en rougissant. Mais la vie est si précieuse... nous n'avons pas le droit de la gâcher.

— Je viens d'un lieu où la vie est un bien sans aucune valeur, répondit-il avec amertume. J'imagine en revanche qu'elle doit en effet être très précieuse pour vous !

Elle prit sa réponse pour un compliment et rougit de nouveau.

— Veuillez m'excuser mais, par ici, nous ne sommes pas habitués à voir des gens brandir des pistolets, sauf, bien sûr, les bandits de grand chemin.

— Et qui vous dit que je n'en suis pas un moi-même ? fit-il en souriant.

— Je n'y ai pas songé un seul instant. Mais je vous en prie, rangez votre arme. Elle me fait peur.

Il mit le pistolet dans sa poche. Sa veste était démodée et coupée dans un pauvre lainage. Pourtant, malgré cela, la jeune fille demeurait persuadée que l'homme était de haute naissance. Il parut soudain s'aviser qu'il était demeuré assis en présence d'une dame et se leva d'un bond, puis il lui sourit, et son visage sévère en fut tout éclairé.

— Soyez certaine que je suis touché par votre geste généreux, et aussi par votre bonté. (Farica restant silencieuse, il ajouta, comme pour lui-même :) J'en ai bien besoin en ce moment !

Farica l'examina et remarqua la longue blessure mal cicatrisée qui lui barrait le front.

— Dois-je comprendre que vous avez été soldat, monsieur ? demanda-t-elle timidement.

— Est-ce donc si évident ?

— Je ne me suis donc pas trompée ! s'exclama Farica. Si vous rentrez de France après une année dans l'armée d'occupation, vous allez trouver que les choses ont bien changé en Angleterre.

— C'est vrai, répondit-il. Et peut-être avez-vous cru que, ne pouvant le supporter, j'ai envisagé de me suicider. (Farica le regarda, les yeux écarquillés.) Eh bien, vous n'êtes pas très loin de la vérité, poursuivit-il. Je ne vois pas d'autre solution.

— Je suis désolée, murmura-t-elle. Je sais combien tout cela doit être pénible pour vous. Mon père a été extrêmement choqué par la façon dont nos soldats, qui se sont battus si vaillamment contre Bonaparte, ont été démobilisés sans la moindre pension ; rien n'a été fait pour leur procurer du travail, si difficile à trouver par les temps qui courent. (L'inconnu acquiesça d'un signe de tête.) Dans quel régiment étiez-vous ?

— Dans la cavalerie, répondit-il après une ombre d'hésitation qui étonna Farica.

Avait-il quelque chose à cacher ?

— Ainsi, vous vous êtes vraiment battu à Waterloo ! s'écria-t-elle. J'ai lu tout ce que je pouvais sur cette bataille et sur la bravoure de nos soldats. Quel héroïsme, quel courage, mais quel massacre aussi ! Beaucoup d'entre eux sont morts, soupira-t-elle, à moins qu'ils ne soient revenus blessés ou malades.

— C'est, hélas ! la rançon de la gloire, comme on dit.

Farica contourna le tronc d'arbre et s'y assit sans réfléchir.

— Mon frère a été tué en Espagne. Il est mort en soldat mais je n'arrive pas à croire que je ne le reverrai plus jamais, confia-t-elle à l'inconnu qui se rassit près d'elle.

— La guerre est cruelle. Non seulement pour ceux qui se battent, mais aussi pour ceux qui restent, observa-t-il, la mine sombre et la voix altérée.

— Vous avez raison, soupira-t-elle. La première lettre du commandant de Rupert ne nous est jamais parvenue, et notre attente a été interminable. Quand nous avons fini par apprendre la nouvelle, papa a bien failli en mourir !

Ses yeux se remplirent de larmes et elle étouffa un bref sanglot.

L'homme examinait la jeune fille en silence. Elle était menue comme une nymphe des bois, avec un joli visage triangulaire et des yeux en amande.

Comme elle est belle ! songea-t-il. Si belle, avec ses cheveux cuivrés dont chaque boucle brille sous le soleil. Et sa voix ! Douce et musicale comme la brise dans le feuillage !

Elle possédait une de ces beautés dont un homme se souvient.

— Je ne devrais pas parler de moi, mais de vous, dit Farica en se ressaisissant. Maintenant que vous êtes revenu de la guerre, que comptez-vous faire ?

— C'est la question que je me pose, et votre arrivée m'a empêché de commettre ce que vous appelez « un geste vil ». Mais, voyez-vous, je n'avais pas trouvé d'autre solution, conclut-il avec un pauvre sourire.

— Vous aurez encore à surmonter d'innombrables difficultés, déclara-t-elle avec gravité, surtout si vous n'avez ni fortune ni famille.

— Je suppose que je joue ma dernière carte. Je dois prier le destin, ou les dieux, pour qu'ils soient avec moi, comme ils l'ont été en me permettant de vous rencontrer.

— Merci, dit Farica, mais j'aimerais vous aider si vous me le permettez.

— Et pour quelle raison ? s'exclama-t-il d'un ton redevenu tranchant.

— Parce que vous avez été soldat, expliqua-t-elle, mais aussi, bien que cela puisse vous paraître étrange, parce que vous et moi traversons des épreuves comparables.

— Auriez-vous des soucis, vous aussi ?

— En effet, acquiesça-t-elle.

Il la regarda longuement.

— Maintenant, dit-il, je vais essayer de deviner. J'imagine que vos problèmes sont liés à l'amour.

— Vous brûlez.

— A l'amour et au mariage !

Elle ne répondit pas mais son silence en disait long.

— Un mariage, donc ! Et vous êtes venue ici, continua-t-il comme s'il se parlait à lui-même, pour réfléchir aux sentiments que vous inspire votre prétendant. Bien que celui qui a demandé votre main soit issu d'une famille influente et distinguée, douteriez-vous de l'amour qu'il vous porte ?

— J'en doute, en effet, murmura Farica. D'ailleurs, en aucun cas je ne pourrais épouser un homme que je n'aime pas. C'est à cela que je réfléchissais. Vous avez vu juste.

Elle contemplait au loin le château de Lyde, imposant et magnifique, dans la lumière éblouissante du soleil. Et ses yeux pailletés de vert étaient empreints d'inquiétude.

— Votre prétendant ne serait-il pas le comte de Lydbrooke ? demanda le gentilhomme qui avait suivi son regard.

Elle sursauta.

— Je vous en prie, fit-elle. Ne cherchez pas à en savoir davantage et n'essayez pas de vous immiscer dans des affaires qui ne vous regardent pas. Mon père serait très contrarié s'il savait que j'ai pu avoir une conversation sur un sujet aussi personnel avec un inconnu !

— Mais ici, dans la forêt, nous sommes hors du temps et bien loin des conventions du monde ! Imaginons que vous soyez une nymphe des bois tourmentée par des soucis et moi, un homme d'expérience qui s'efforcerait de vous guider pour éviter que l'on ne vous fasse du mal, et vous montrer le chemin du bonheur, proposa-t-il d'une voix sourde et qui la fit frissonner malgré elle.

— Quelle merveilleuse idée ! s'écria Farica en battant des mains. Je voudrais tant être une nymphe des bois, une vraie nymphe qui vit cachée sous les arbres. Là, personne ne me trouverait et ne me forcerait à agir contre mon gré et contre mon cœur.

— Dois-je en conclure que vous ne voulez pas vous marier ?

— Comment pourrai-je épouser un homme que je n'ai fait qu'entrevoir deux ou trois fois ? Malgré ce que prétend papa, je n'arrive pas à croire qu'il est amoureux de moi. Je le soupçonne de faire semblant.

— Parlez-moi du comte, reprit le jeune homme après un silence. Avant que je ne parte à la guerre, n'était-ce pas son père qui résidait au château ?

— C'était un vieux monsieur exquis ! répondit Farica. Quand mon père a acheté le Prieuré, notre maison, il s'est montré si gentil pour nous ! Nous étions nouveaux venus dans le pays : nos autres voisins nous regardaient de haut et cherchaient à savoir qui nous étions, d'où nous venions.

— Que s'est-il passé alors ?

— Le vieux comte a invité papa à dîner. J'étais trop jeune à cette époque pour être moi-même conviée au repas. Mais à la chasse, notre voisin venait parfois bavarder avec moi. Après qu'il eut donné l'exemple, la société finit par accepter mon père et le recevoir. Papa m'a raconté, reprit-elle, combien le comte était préoccupé et malheureux de savoir son fils au cœur des combats. Tout le monde, ici, adorait le vicomte et priait pour qu'il revienne sain et sauf au pays.

— Voulez-vous dire qu'il a été tué ? interrogea l'inconnu.

Farica hocha la tête avec une expression douloureuse.

— Juste à la fin de la guerre, à ce qu'on dit. A la bataille de Waterloo. Personne n'en a rien su pendant plusieurs mois. (Elle poussa un profond soupir.) Je crois qu'ensuite le vieux comte a perdu le goût de vivre, et à ses obsèques, on a pleuré et le père et le fils, expliqua Farica la voix brisée par l'émotion.

— Dans ce cas, pouvez-vous me dire qui est le nouveau comte ? Celui qui vous demande en mariage ?

— Son neveu. Il n'était jamais venu au château du vivant de son oncle car les deux hommes ne s'entendaient pas.

— Savez-vous pour quelle raison ?

— Papa m'a confié que c'était parce que Fergus — c'est le prénom du nouveau comte — était très dépensier et préférait les fêtes que l'on donne à Londres à la vie simple de la campagne, fit-elle avec un léger sourire. Je ne fais que répéter des on-dit, mais il paraît que le vieux comte a honoré toutes les dettes de son neveu jusqu'au jour où il lui a purement et simplement coupé les vivres.

— Et c'est cet homme que votre père souhaite vous voir épouser ? demanda l'inconnu d'un ton surpris.

— Papa dispose d'une fortune considérable, expliqua Farica, embarrassée, et je dois avouer que je soupçonne le comte de Lydbrooke d'être un coureur de dot !

— Comment votre père peut-il envisager un tel mariage ? s'écria son interlocuteur, scandalisé.

Farica eut un geste évasif.

— La vérité est que papa a toujours senti, de la part de presque tous les natifs de la région, et malgré l'appui du vieux comte, qu'il n'était pas d'assez noble naissance. Il est le second fils d'un baronnet et les gens d'ici sont tous d'authentiques aristocrates, qui parlent de leurs ancêtres comme si le roi était leur cousin !

Le jeune homme éclata de rire.

— Je vois ce que vous voulez dire ! s'exclama-t-il. Mais vous devez d'abord penser à vous et vous souvenir que c'est vous qui risquez d'épouser le comte, et non pas votre père...

— Ne vous moquez pas ! Papa est enchanté à l'idée que je devienne la châtelaine et la maîtresse de Lyde, dit Farica, et comme ses terres, à l'origine, étaient incluses dans le fief du comte, les réunir de nouveau paraît une excellente solution. Vous n'avez pas idée des désagréments que provoquent chaque année les faisans de mon père qui s'envolent sur les chasses de Lyde. Les gens prétendent que nous braconnons les leurs. Les gardes-chasse sont à couteaux tirés, par ici ! C'est la guerre...

— Ce sont des choses qui peuvent arriver ! remarqua l'inconnu d'un air amusé.

— Ils en font une véritable affaire d'Etat ! continua Farica. Même les fermiers se querellent au sujet de leurs moutons et de leur bétail. Les gens du comte sont furieux si papa remporte un prix agricole !

L'inconnu s'esclaffa.

— Oublions les bêtes et les fermes, fit-il en changeant de ton. Vous ne m'avez pas encore dit votre nom.

— C'est vrai, nous avons manqué à tous nos devoirs ! Nous aurions dû nous présenter, dit-elle avec solennité. Mon prénom est Farica, et mon père est sir Robert Chalfont ! Nous habitons le Prieuré, non loin d'ici.

— Mon nom est John, annonça-t-il en lui tendant la main, John... Hamilton.

En mettant sa main dans la sienne, Farica se sentit troublée par la force qui émanait de lui. Elle comprit qu'un lien mystérieux les unissait.

Elle savait percevoir les vibrations que dégageaient les gens, et parvenait parfois à distinguer autour d'eux une aura éblouissante comme le soleil, ou sombre et effrayante.

Et aussi invraisemblable que cela puisse paraître, elle décela autour du jeune homme, malgré ses pauvres vêtements mal coupés, l'éclat d'une franche lumière.

Etait-ce une illusion ou prenait-elle ses rêves secrets pour la réalité ?

— Maintenant que nous nous sommes présentés, dit-il, je vais jouer le rôle du Sage que vous venez consulter au sujet de votre avenir, et j'ose espérer que vous vous empresserez de suivre mes conseils.

— Vous avez toute mon attention.

— Ce que je vais vous dire a la plus grande importance, poursuivit John Hamilton. Vous êtes une jeune fille ravissante et je parierais que vous débordez d'imagination, comme toutes celles que je connais. Voici ce que j'ai à vous dire : ne vous mariez jamais sans amour, et sans une immense confiance en votre futur époux.

— C'est tout à fait mon avis, assura Farica. Vous et moi partageons sur ce point la même opinion. Mais il n'y a malheureusement pas que cela qui compte.

— Je le sais, mais néanmoins soyez très ferme, ordonna-t-il, et ne vous laissez jamais entraîner dans une aventure que vous pourriez regretter plus tard amèrement.

— Pour vous, c'est facile à dire, dit Farica en regardant le château, mais comment trouver le moyen de m'opposer à la fois à papa et au comte ?

— Essayez par tous les moyens de gagner du temps, poursuivit John avec fermeté. Et quoi qu'il arrive, ne prenez aucune décision hâtive et ne faites rien sans réfléchir.

— Je m'y efforcerai... mais ce ne sera pas facile !

Sa voix n'était qu'un murmure et une expression soucieuse noya ses yeux verts.

John crut contempler deux émeraudes.

— Quelle égoïste ! s'exclama Farica en changeant de ton. Je ne parle que de moi ! Vous m'avez si bien poussée à vous raconter mes ennuis que j'ignore tout des vôtres.

— Soit, je vais vous faire une confidence, répondit John. Connaissez-vous, dans le voisinage, un endroit à un prix abordable où je puisse m'installer ?

— J'en connais un, assura Farica, mais peut-être ne sera-t-il pas assez bien pour vous.

— Je vous assure sans hésiter que tout ce que vous me proposerez sera parfait, répondit John. Je n'ai pas les moyens de me montrer exigeant. En ce moment, toute ma fortune se résume à quelques deniers, un cheval qui attend à l'orée du bois, et un pistolet grâce auquel, si vous vous en souvenez, nous avons fait connaissance.

Cette remarque amusa Farica.

— Notre rencontre a été en effet des plus curieuses, dit-elle, mais je suis très contente de vous connaître, à présent, et comme vous m'avez aidée, je vous en prie, laissez-moi à mon tour faire quelque chose pour vous.

— Je vous écoute.

— Dans notre village, en bordure de cette propriété, se trouve la petite auberge de *L'Oie et du Renard*. Je connais depuis toujours le vieil homme qui la tient. C'est un merveilleux guérisseur, et dès qu'un animal est blessé, on accourt chez lui pour le lui amener...

— Vous me conseillez donc de m'installer dans cette auberge ?

— Bien sûr ! Et Abe Barnes sera ravi si je lui demande de vous accueillir. J'irai même jusqu'à dire qu'il pourra soigner votre cicatrice, si elle vous fait mal.

John sourit.

— Si ce que vous dites est vrai, Abe Barnes est bien l'homme qu'il me faut, s'exclama John. Nous allons nous entendre.

— Coupons à travers bois, c'est le plus court chemin que je connaisse.

— Avez-vous la permission de vous promener sur les terres du comte ? s'inquiéta John.

— J'avais l'autorisation de son oncle de me promener à cheval partout où je voulais, expliqua Farica. Tous les gardes-chasse et les bûcherons me connaissent, mais vous, en revanche, vous pourriez avoir de gros ennuis si l'on vous trouvait seul sur la propriété. Le nouveau comte n'est guère aimable avec les gens du pays, et moins encore avec les étrangers. Du temps de son oncle, la vigilance s'était considérablement relâchée. Mais maintenant, quiconque se fait prendre en forêt, surtout en train de braconner, comparaît devant le tribunal ou est banni.

John perçut la peur de Farica dans sa voix mais s'abstint de tout commentaire; il la suivit le long d'un chemin sinueux. Elle devait avant tout aller chercher son cheval.

Pégase était en liberté dans un pré et paissait en attendant sa maîtresse.

Elle le siffla et il vint à sa rencontre au petit trot.

John l'aida à monter en selle et à disposer sa jupe par-dessus l'étrier.

Il caressa l'encolure de Pégase:

— Quelle bête splendide! Je n'ai pas vu un si beau pur-sang depuis longtemps!

— Il est à moi, répondit Farica avec fierté. Je l'aime et il m'aime. Il vient quand je le siffle, comme vous avez pu le constater.

— Le cheval que j'ai acheté en débarquant à Portsmouth est loin d'être aussi coopératif! Je l'ai attaché à un arbre à deux pas d'ici. Voulez-vous m'attendre pendant que je vais le chercher?

Il s'éloigna, et Farica qui l'observait lui trouva, malgré sa pauvre mise, une grande distinction. Sa maigreur et la pâleur de son teint — peut-être était-il convalescent — la frappèrent. Il avait sans doute été blessé à Waterloo et avait été renvoyé au front avant d'avoir pu récupérer ses forces.

Après la bataille décisive qui mit un terme à la guerre, une partie de l'armée anglaise était demeurée en France. Au grand dam des Français!

Farica avait lu que le duc de Wellington avait promis de réduire les effectifs qui devaient être rapatriés progressivement.

Elle se demanda comment elle pourrait aider John à trouver du travail. Sur la propriété de son père, il n'y avait aucun poste vacant. Par charité, sir Robert avait engagé davantage de personnel qu'il n'en avait réellement besoin ; il était consterné de voir revenir des hommes qui auraient dû être accueillis en héros et non en fardeaux pour le pays ; on allait même jusqu'à les considérer comme des vagabonds ou des bons à rien. Quel traitement injuste !

Il n'était pas rare que le désespoir pousse certains d'entre eux au vol et à la violence.

Je dois aider cet homme ! se promit Farica en son for intérieur lorsqu'elle le vit s'approcher sur un demi-sang à l'allure pataude.

Cependant, le cavalier montait avec l'assurance d'un connaisseur.

Ils longèrent le bois en trottant jusqu'à ce que Farica prenne un chemin assez large pour qu'ils puissent chevaucher de front.

La nature était belle et sereine : les oiseaux s'envolaient à leur approche, les lapins détalaient devant les jambes des chevaux, et les écureuils bondissaient, telles de vives flammes rousses, dans les hautes branches, pour protéger leur butin de noisettes.

— J'avais presque oublié que l'Angleterre peut être si belle ! fit John dans un murmure.

— Rien n'est plus beau, à mes yeux, que cette campagne merveilleuse, et c'est pourquoi...

Elle s'interrompit, comme si elle était sur le point de commettre une indiscrétion, mais John qui lisait dans ses pensées put conclure à sa place :

— Vous ne déclinerez pas la demande du comte !

— Ce n'est pas tout à fait ça... Peu m'importe en tout cas de posséder cet immense château dans lequel je me sentirais perdue, mais j'aime tant la forêt, le lac, la cascade, l'étang dans le bois de pins, où je me réfugie quand je me sens triste et mélancolique.

— Pourriez-vous m'y conduire, si vous avez encore un peu de temps ? suggéra John.

— Cela vous plairait vraiment ?

— J'en suis sûr ! Et comme vous le savez, c'est à mon tour d'être triste et mélancolique.

— Pourriez-vous m'y conduire, si vous avez encore un peu de temps ? suggéra John.

— Cela vous plairait vraiment ?

— J'en suis sûr ! Et comme vous le savez, c'est à mon tour d'être triste et mélancolique.

— Je comprends, mais si vous avez confiance en vous et en l'avenir, vous finirez par obtenir ce que vous voulez.

Le regard perdu, elle parlait à mi-voix, comme si elle rêvait à voix haute.

— Qu'est-ce qui vous fait dire ça ? jeta John d'un ton sec.

— Je devine que c'est vrai.

— De même que moi, je sais que vous ne devez à aucun prix accepter la demande du comte ! rétorqua John.

Un beau sourire illumina son visage, puis soudain gênée, Farica donna un coup de cravache à son cheval et partit au galop.

John eut du mal à la suivre. Ils débouchèrent de la forêt, longèrent l'arrière du parc et empruntèrent un petit chemin entre des haies de chèvrefeuille odorantes.

John remarqua alors qu'elle ne portait pas une tenue classique d'amazone mais une simple robe et qu'elle était nu-tête.

— J'ai quitté la maison en courant après mon entretien avec papa, à propos du comte, expliqua Farica qui avait deviné l'étonnement de John. J'ai filé aux écuries prendre Pégase dans son box. Je l'ai sellé et suis partie dans les bois. C'est ce que je fais lorsque je suis préoccupée et que je veux réfléchir. Etes-vous choqué par mon originalité ? demanda-t-elle en lui lançant un regard timide.

— Pas le moins du monde ! répondit John. On ne peut qu'admirer une jeune fille comme vous. Vous n'êtes pas comme toutes ces femmes qui passent la moitié de leur temps à se pomponner devant leur miroir !

— Je reconnais que ces futilités m'assomment ! déclara Farica avec l'enthousiasme de la jeunesse. Mais papa voudrait que j'aille à Londres pour être présentée à la reine, et peut-être aussi au prince-régent. Je devrais assister à des bals qui exigent d'être très élégante !

— Cela vous plairait-il ?

— Ce serait probablement une expérience intéressante, dit Farica qui avait pesé ses mots avant de répondre. Mais, je préfère de loin rester à la campagne. J'adore être au Prieuré avec papa. (John demeura silencieux.) Mes soucis ont commencé quand le nouveau comte est venu s'installer ici et tout bouleverser, ajouta-t-elle.

La suite, vous la connaissez déjà, n'est-ce pas ?

— Et je vous ai dit ce que vous deviez faire, conclut John d'un ton ferme.

— Mais ce sera très... très difficile.

— Sûrement moins difficile que ce qui vous attend si vous ne prenez pas la bonne décision.

Ils arrivèrent sur la place du village, avec sa mare aux canards, ses réserves de bois et une charmante auberge blanchie à la chaux, avec ses volets noirs et son toit de chaume.

— Oserais-je vous demander de me faire une promesse ? demanda Farica. Et ne vous offusquez pas de ce que je maltraite les usages.

— De quoi s'agit-il ?

— Je vous supplie de ne pas partir sans me revoir, ou sans me faire savoir que vous partez... si jamais vous y étiez obligé.

— Puis-je connaître la raison de votre requête ?

— Parce que... (Elle hésita un instant.) J'aurai peut-être encore besoin de votre aide, continua-t-elle.

— Si c'est vrai, vous m'en voyez très flatté. Dans ce cas, je vous promets, Farica, qu'aussi longtemps que vous le souhaiterez, je resterai ici.

— Oh ! merci, merci ! s'exclama-t-elle, le visage épanoui comme celui d'un enfant. Maintenant je me sens tellement plus heureuse que quand j'ai quitté la maison, tout à l'heure.

En arrivant devant l'auberge, John mit pied à terre le premier et aida Farica à descendre de sa monture.

Elle le gratifia d'un sourire aimable et poussa la porte pour s'apercevoir, comme elle s'y attendait, que le vieil Abe n'était pas dans la grande salle aux poutres apparentes.

Il était dehors, dans la petite cour de derrière, entouré d'animaux : les uns en cages et d'autres dans des niches. Deux chevaux s'impatientaient dans des stalles de fortune.

Assis sur un tabouret, l'aubergiste tenait entre ses mains une grive à l'aile brisée.

Farica s'approcha de lui sans parler, de crainte d'effrayer l'oiseau. Après avoir rebouté l'aile de ses doigts magiques, il mit la grive dans la cage posée à ses pieds et leva les yeux sur la jeune fille.

— J'étais sûr que c'était vous, miss Farica.

— Et moi, j'étais sûre que je vous trouverais ici, Abe. Je vous amène un patient que je vous recommande tout particulièrement et qui a grand besoin de votre aide.

Abe détailla John d'un œil expert.

— John Hamilton est un soldat qui revient de guerre, Abe, avec une terrible blessure au front. Les changements survenus pendant son absence dans notre pays le déconcertent au plus haut point. Il faut vous occuper de lui.

— Je vais voir ce que je peux faire. Ne vaudrait-il pas mieux qu'il reste ici, avec moi ?

— Est-ce possible ?

— Miss Farica, vos amis sont toujours les bienvenus chez moi ! Vous pouvez me faire confiance. Et j'en prendrai soin.

— Merci, Abe, je savais que je pouvais compter sur vous.

Abe se tourna vers John qui lui tendit la main.

— Je vous serais très reconnaissant de me loger, Mr Abe, si vous le pouvez.

— Il me semble que je vous ai déjà vu, dit Abe en scrutant le visiteur.

— Je ne crois pas. Je suis resté sept ans à l'étranger.

— A la guerre ! remarqua Abe, tristement. Tant de soldats n'en sont jamais revenus...

Farica voulut épargner à John la douleur d'une réponse à cette remarque désespérante, et l'entraîna vers les pensionnaires d'Abe, dont un petit chien à la patte cassée qu'elle ne connaissait pas.

— Que lui est-il arrivé ? Et comment a-t-il pu se faire si mal ?

— Un piège ! miss Farica. Du temps de notre cher vieux comte, on n'aurait jamais trouvé un animal blessé de cette façon en forêt !

— Voulez-vous dire que l'on a posé des pièges dans les bois de Lyde ?

— Partout, miss Farica, et faites attention vous-même où vous mettez les pieds. Ils prétendent que c'est pour les prédateurs, mais à mon avis, c'est aux hommes qu'ils en veulent !

— Quelle horreur ! C'est abominable ! Je me demande pourquoi le comte est si cruel ! Quand je pense que jusqu'à présent il se fichait de Lyde comme d'une guigne, et prétendait que la chasse ne l'intéressait pas...

— Ce n'est pas ce qu'on dit ! Cet automne, de beaux messieurs vont arriver de Londres pour tirer des faisans ; sans parler des ribouldingues avec des donzelles qui ont lieu chaque semaine depuis que le jeune comte a hérité.

La réprobation perçait dans la voix du vieil homme et Farica préféra rentrer dans l'auberge.

— Je dois retourner à la maison, dit-elle à John qui l'avait suivie. Je suis sûre que je vous laisse en de bonnes mains. Abe va s'occuper de vous, et...

Elle paraissait intimidée, aussi John lui demanda-t-il :

— A quelle heure pouvons-nous nous revoir, demain ?

— Je ne connais pas encore mon emploi du temps de demain. A moins que je ne vous fasse porter un pli par un valet, je vous retrouverai au même endroit qu'aujourd'hui, mais prenez garde surtout de ne pas sortir des chemins. (Elle se ravisa.) Non ! Ce serait vous faire courir un risque inutile ; si on vous trouvait là-bas sans moi, on pourrait vous prendre pour un braconnier.

— Où allons-nous pouvoir nous retrouver ?

— Dans les bois de mon père. En partant d'ici, vous suivez cette route tout droit et vous vous enfoncez au cœur de la forêt. Là, vous trouverez une clairière naturelle encore pleine de charme malgré les nombreux arbres abattus par les bûcherons.

— Je trouverai, assura John. Et j'y serai à trois heures, ce qui vous laisse le temps de déjeuner et de sortir sans donner d'explications.

— Je verrai. En tout cas je suis rassurée de vous laisser chez Abe.

— J'y serai très bien, et encore merci pour toutes vos bontés, Farica.

L'émotion lui brisa la voix et, pour ne pas l'embarrasser, la jeune fille sortit de l'auberge d'un pas pressé sans rien ajouter.

Il l'aida à se mettre en selle et disposa sa jupe avec un peu trop d'attention. Elle remarqua la couleur de ses yeux, bleus comme la mer, et jugea que malgré la pâleur de son teint il avait les traits les plus séduisants qui soient.

— Encore une fois merci, Farica.

Il lui tendit la main et elle lui abandonna la sienne qu'il effleura d'un baiser.

Le contact de sa peau et la pression de ses lèvres la firent frissonner. Elle s'éloigna et, en dépit de l'envie qui la tenaillait, ne se retourna pas.

2

De retour au Prieuré, Farica s'aperçut que son père recevait un visiteur. L'identité de ce dernier ne faisait aucun doute : les armoiries des comtes de Lydbrooke décoraient les portes d'un grand phaéton arrêté devant le perron.

Une conversation en tête à tête avec son père avant de revoir le comte était désormais exclue. Elle n'en aurait plus l'occasion. Le cocher coiffé d'un chapeau haut de forme à cocarde l'avait reconnue. Il lui était donc impossible de battre en retraite et de s'esquiver sans que son attitude semble pour le moins étrange. Se sauver de sa propre maison était impensable ! Elle sauta de cheval au bas des marches et un palefrenier s'empressa de venir chercher Pégase pour le conduire à l'écurie.

— Il a été très sage aujourd'hui, Jim. Il mérite une bonne ration d'avoine ! dit-elle en caressant l'encolure de son cheval préféré.

— Vous êtes attendue, miss, déclara Jim avec un large sourire, en guise de réponse.

Farica gravit lentement les marches du perron,

pénétra dans le hall où le majordome lui annonça cérémonieusement :

— Le comte de Lydbrooke est en conversation avec sir Robert, miss Farica ! (Après une pause, il ajouta, complice :) Vous êtes attendue...

Tout le Prieuré était donc informé des projets de mariage !

Elle fit une brève halte devant un miroir Chippendale en bois doré pour remettre de l'ordre dans sa coiffure, puis elle se dirigea vers le salon où un valet lui ouvrit la porte.

Avant que les deux hommes ne s'aperçoivent de sa présence, Farica comprit qu'ils étaient en train de parler d'elle.

Elle entra.

— Où étiez-vous Farica ? demanda sèchement son père. J'aurais trouvé bon d'être prévenu que vous sortiez avec Pégase !

— Je vous prie de m'excuser, papa, mais il faisait un temps si merveilleux que je n'ai pas résisté à m'attarder dans la campagne.

Elle plongea dans une révérence devant le comte qui se tenait debout près de la cheminée.

— Mieux vaut tard que jamais ! lança celui-ci. J'ai craint de vous manquer.

— Eh bien, me voilà, rétorqua Farica d'un ton glacial. Je me suis laissé dire que vous aviez fait poser des pièges dans vos bois...

— On ne vous a pas menti. Le premier manant venu s'autorisait à ma barbe à braconner mon gibier : il était grand temps de mettre bon ordre à ces manquements. Ça ne se reproduira plus.

Farica observa le comte de Lydbrooke : en

dépit de son extrême élégance et de ses traits réguliers, il lui déplaisait profondément.

Jamais elle ne pourrait lui faire confiance, et personne, personne, fût-ce son propre père, ne saurait la convaincre de faire un mariage contre sa volonté et son inclination.

— Quelle sorte de piège utilisez-vous ? demanda sir Robert.

— Oh ! ce qui se fait de plus courant pour les animaux nuisibles, répondit le comte d'un ton désinvolte. Mais qu'un braconnier s'avise de pénétrer sur mes terres et s'y fasse prendre, il sera puni en conséquence, vous pouvez me croire !

Farica poussa un cri.

— C'est d'une abominable cruauté ! Les gens du village ont toujours été autorisés à parcourir les bois. Comment sauront-ils que ces nouvelles dispositions ont été prises ? Avez-vous pris la peine de les faire prévenir ? Permettez-moi d'en douter ! Vous pensez sans doute qu'ils le sauront bien assez tôt, en se faisant attraper et traîner en justice ?

— Ce qui est fait est fait, déclara le comte avec un sourire cynique et en lui lançant un regard plein de mépris.

— Votre oncle eût été révolté de telles pratiques !

— Sur ses vieux jours il était devenu tout à fait sénile. Non seulement il tolérait dans ses bois la présence de vagabonds et de braconniers, mais il allait jusqu'à accepter que ses fermiers paient leur terme en retard et que les paysans n'entretiennent pas la toiture de leur maison. Il était temps de réagir, croyez-moi ! Tout allait à vau-l'eau.

— Mais vous devez être au courant des difficultés que connaît la population à l'heure actuelle ! La guerre est à peine terminée. Les fermiers n'arrivent plus à écouler leurs récoltes, les prix se sont effondrés. Même les petites banques locales ferment leurs portes ! (Et, se tournant vers son père, elle le prit à témoin :) N'est-ce pas vrai, papa ? Dites-le-lui, je vous en prie !

— Malheureusement, je suis obligé de l'admettre, fit sir Robert. En ce qui me concerne, je m'efforce d'aider mes fermiers : pour la seconde année consécutive, j'ai diminué leur fermage.

— Si vous avez les moyens de jouer les philanthropes, objecta le comte, grand bien vous fasse... Pour ma part, et compte tenu des circonstances, je suis bien loin de pouvoir m'offrir un tel luxe ! J'ai de gros besoins.

Tandis qu'il parlait, son regard s'arrêta un instant sur Farica. Elle eut alors la certitude fulgurante que la seule et unique raison qui le poussait à demander sa main était sa fortune considérable : c'était la solution à tous les soucis financiers du comte.

La jeune fille décida de changer de sujet :

— L'après-midi est si beau, papa... pourquoi n'irions-nous pas nous promener au jardin ? Les azalées que vous avez fait venir de l'étranger sont en fleur.

Connaissant la passion de son père pour ses plantations, elle savait qu'il ne manquerait pas de se rallier à sa proposition et profiterait de l'occasion pour se libérer de son visiteur.

— Quelle bonne idée ! J'ai bien envie de prendre l'air, dit-il en se levant aussitôt.

Il y eut un moment de silence car le comte hésitait. Devait-il les suivre ou prendre congé ? La seconde solution était évidemment celle que l'on attendait de lui. Il prit le parti de conclure l'entrevue.

— A propos, sir Robert, je dois vous révéler le but de ma visite. Je venais vous demander si vous accepteriez de venir dîner demain soir, avec votre fille. Je reçois quelques bons amis très amusants et qui viennent de cette bonne ville de Londres.

— Je vous en remercie. Farica et moi-même serons ravis de nous joindre à votre compagnie. Disons à sept heures et demie ?

— Pardonnez-moi, mais je préfère m'en tenir à mes habitudes londoniennes. Nous dînerons à huit heures, pas avant.

— A demain, miss Farica, dit-il en tendant une main nonchalante à la fille de son voisin. Je me réjouis de vous revoir, n'en doutez pas.

Sa façon de parler, son regard, et jusqu'à sa poignée de main, tout chez lui indisposait Farica.

Son instinct de femme lui dictait la méfiance. Le moindre contact avec le comte l'importunait et la faisait frissonner de dégoût. Elle ne pouvait s'empêcher d'évoquer sa rencontre avec John Hamilton qu'elle avait trouvé si séduisant. Elle fut grandement soulagée quand elle vit le comte se diriger vers la porte. Son père prit la peine de le raccompagner jusqu'à son phaéton.

Farica resta près de la cheminée, laissant errer son regard sur le mobilier choisi par sa mère et qui dénotait un goût exquis. Elle ne parvenait pas, néanmoins, à se débarrasser de la sournoise atmosphère de discorde que le comte avait laissée derrière lui et qu'il lui faudrait affronter, à son corps défendant.

Son père rentra au bout d'un instant.

— Soyez gentil, papa, accompagnez-moi dans le jardin, j'ai à vous parler.

— Avec plaisir, ma chérie, mais j'espère que ce que vous avez à me dire ne me fera pas de peine.

Farica demeura silencieuse.

Ils prirent un couloir conduisant à une petite porte qui ouvrait sur le jardin de derrière. Après une merveilleuse roseraie tout embaumée, bordée d'une haie d'ifs, s'étendait un parterre d'herbes aromatiques créé en même temps que la maison, à l'époque élisabéthaine.

Sir Robert avait encore amélioré ce cadre idyllique par des apports de plantes exotiques en provenance du monde entier : roses, lis, delphiniums, œillets et fuchsias formaient des massifs colorés qui contrastaient avec la teinte tendre des vieux murs de brique. Farica entraîna son père jusqu'au bouquet d'azalées qui l'intéressait tout particulièrement, car il lui avait été rapporté des Indes par un de ses amis.

— Je suis désolée que vous soyez partie ainsi après le déjeuner, ma chérie. Je ne voulais certes pas vous contrarier. Voyons ce que vous avez à me dire.

— Voilà : bien que vous n'aimiez pas me voir aborder ce sujet, je préfère vous dire qu'après cette nouvelle entrevue avec le comte je n'ai pas changé d'avis, je suis fermement décidée à ne pas l'épouser et je m'en tiendrai à ma décision.

Elle parlait avec conviction, comme si John, derrière elle, l'encourageait à la fermeté.

— Ne soyez pas aussi sotte et butée ! Une demande en mariage comme celle de Lydbrooke ne se refuse pas, voyons ! Vous ne trouverez nulle part un parti qui vous rapporte autant. Je vous croyais plus réfléchie, ma fille.

— Vous voulez parler de son titre ! Moi, je ne demande pas seulement une couronne à mon futur mari ! Et même, cela compte peu à mes yeux.

— Oh ! je sais ! Vous entendez trouver, en plus, de l'amour dans le mariage. Toutes les femmes en rêvent. Sachez que l'amour vient après, ma chère enfant. Il ne s'improvise pas.

— Et si jamais il ne vient pas ? Que fait-on ? Vous avez une réponse sur ce point ? demanda Farica qui se sentait frémir de colère.

La question embarrassa quelque peu sir Robert qui se mit à marcher de long en large dans l'allée, devant un buisson de romarin.

— Vous n'ignorez pas que vous êtes tout pour moi, ma chérie. Cependant je me dois de vous faire un aveu. Depuis que j'ai acheté cette propriété, j'ai souhaité plus d'une fois qu'avec la grâce de Dieu vous deveniez un jour la châtelaine de Lyde. N'est-ce pas là un vœu légitime de la part d'un père comme moi ? Est-ce trop demander ?

Il s'arrêta de parler. Farica crut déceler une expression de détresse dans le regard paternel.

— J'espérais, reprit-il, qu'à ma mort mon fils

Rupert prendrait ma place. Mais désormais, c'est vous qui serez l'héritière. Et si votre mari venait à disparaître avant vous, le Prieuré pourrait vous servir, à vous ou à votre fils cadet, puisque l'aîné aura le château.

— Je vous en prie, arrêtez, papa ! Je ne veux pas vous entendre faire des plans à si longue échéance. Je me sens prise au piège dans de tels projets. Vous n'êtes pas encore mort !

— Je ne veux pas vous faire de peine, ma fille. Mais votre alliance avec Lydbrooke vous assurerait une position dans le monde à laquelle j'aspire pour vous. Je suis dans l'impossibilité de vous y donner accès, mais n'oubliez pas qu'elle vous revient de droit par votre sang maternel.

La mère de Farica appartenait en effet à une vieille famille du Devonshire dont les origines remontaient à la période qui précédait l'invasion normande. Son père avait un peu honte de n'être pas d'aussi ancienne naissance, car comme Farica l'avait expliqué à John, il était le fils cadet d'un simple baronnet.

Quoi qu'il en soit, pourquoi devrait-elle faire les frais de l'ambition de son père ? Elle pouvait comprendre ses bonnes intentions, mais devait-elle pour autant se soumettre à sa décision de lui faire épouser le comte de Lydbrooke ?

Pourquoi cet homme me déplaît-il autant ? se demanda-t-elle une fois encore. A cette question, elle ne trouvait aucune réponse.

Je ne dois ni discuter ni m'opposer à papa, sinon il risque de m'obliger à épouser le comte contre ma volonté, songea-t-elle en glissant son bras sous celui de son père.

— Parlons plutôt des chevaux : un poulain est né ce matin. Etes-vous allé le voir ?

— Non. Pourquoi ne m'a-t-on pas prévenu ?

— Je voulais vous en faire la surprise ! Je ne l'ai pas encore vu moi-même. Je vous attendais. Allons-y ensemble, voulez-vous ?

Cette attention charmante fit sourire sir Robert. Ils quittèrent le jardin du même pas et se dirigèrent sans hâte vers les écuries où régnait une certaine agitation.

L'heure du dîner approchait. L'inquiétude gagnait peu à peu Farica. La seule idée de l'invitation à cette soirée au château l'angoissait. Elle craignait que le comte ne parvienne à œuvrer de façon à convaincre définitivement son père, ce qui la forcerait à se soumettre. Déjà, elle avait du mal à résister aux exhortations paternelles.

Sa femme de chambre, qui était à son service depuis son enfance, l'aida à passer une jolie robe de mousseline blanche ; des camélias étaient brodés au bord des manches et autour du décolleté l'effet en était ravissant.

En la regardant descendre l'escalier, si fraîche et belle, son père s'exclama :

— Je crois voir la déesse du *Printemps* de Botticelli en personne. Vous êtes adorable, ma chérie !

— Merci de votre compliment, papa !

Un valet de pied lui tendit une étole bordée de

plumes de cygne. Elle descendit lentement les marches du perron.

La berline les attendait.

Papa est si distingué dans son habit de soirée. Et si gentil. Quelle différence avec l'horrible comte de Lydbrooke !

Le trajet pour arriver au château prenait un bon quart d'heure. La jeune fille en profita pour aborder un sujet qui lui tenait à cœur :

— Je me demandais si vous auriez un emploi pour un jeune homme qui revient de la guerre ?

— Un soldat ?

— Oui. Il était dans la cavalerie... Il a été blessé à Waterloo.

— Comment l'avez-vous rencontré ?

— Chez Abe Barnes. C'est un homme sans ressources qui doit gagner sa vie.

— Il n'est pas le seul, hélas !

— Je le sais, papa. Mais celui-ci est dans notre région à deux pas de chez nous... ne serait-il pas charitable d'essayer de le secourir et de lui donner sa chance ?

— Cet homme vous a-t-il expressément demandé un emploi à vous, ma fille ?

— Non, bien sûr. Mais il me fait de la peine. Que va-t-il devenir ? Abe va s'efforcer de le soigner d'une profonde blessure au front qu'il a récoltée à la guerre.

— Nous avons déjà trop de monde sur nos terres. Je ne vois pas ce que je pourrais faire pour lui. De plus, j'ai appris ce matin même que le comte avait dû licencier trois laboureurs en surnombre et renvoyer les Prosper, qui ne lui rapportaient plus rien, d'après lui.

Farica, ébahie, se tourna vers son père.

— Les Prosper ? Mais ils sont fermiers à Biggin depuis quatre générations ! Ils sont d'ici ! Où vont-ils aller ? Comment est-ce possible ?

— Je le sais bien, mais le pauvre Prosper n'arrive plus à joindre les deux bouts. Il finit par coûter à celui qui l'emploie plus qu'il ne lui rapporte.

— Comment le comte peut-il être aussi tranchant ! C'est un homme sans cœur.

— Il faut vous rendre compte qu'il ne peut plus mener le même train de vie que son oncle avant la guerre. Les temps ont changé, ma fille. Il faut vous en convaincre.

C'est la raison pour laquelle il cherche une riche épouse ! songea Farica.

La même idée dut traverser l'esprit de son père car ils continuèrent la route sans rien ajouter. Une large allée de chênes conduisait au château. Ils furent bientôt arrivés devant d'imposantes grilles de fer forgé, flanquées de deux petits pavillons. Le portail était surmonté des armoiries des Brooke.

Le soir venait. Les derniers rayons du soleil flamboyaient au couchant, l'étoile du berger venait d'apparaître dans le ciel pur. Le jour était sur le point de sombrer. La lumière était magnifique.

Lyde, de toute sa beauté éthérée, s'imposait de nouveau à Farica tel un merveilleux idéal. Elle aurait tant aimé être la châtelaine de ces lieux.

Hélas ! le maître du château n'avait rien pour la séduire, il était à mille lieues du prince charmant de ses rêves de jeune fille.

L'histoire de Lyde était des plus prestigieuses. Bâtie au Moyen Age, une première forteresse avait été démolie à l'époque d'Henri VIII, pour être ensuite remplacée par un manoir sous Charles II. A la fin du siècle dernier, le grand-père du comte avait fait construire cette magnifique et confortable demeure, d'après les plans du célèbre architecte-décorateur du XVIIIe siècle, Robert Adams. C'était une des plus somptueuses du pays.

Le roi lui-même, disait-on, en éprouvait quelque envie.

Quelle féerie ! pensa Farica, tandis que les chevaux franchissaient le vieux pont au-dessus du lac.

Cependant, elle frémit à l'idée que le comte les attendait pour les accueillir dans sa demeure.

La salle de réception était vaste et grandiose, et éclairée de mille feux, des centaines de candélabres étaient allumés. Lorsqu'ils y pénétrèrent, la jeune femme crut, un instant, se promener dans un rêve.

Mais le personnage qui venait à sa rencontre, les bras ouverts, n'était certes pas un enchanteur !

Se relevant de sa révérence, Farica remarqua l'expression impertinente du comte, et son regard la pénétra jusqu'au tréfonds.

Lydbrooke lui prit le bras et l'entraîna à l'autre bout de la pièce pour la présenter à ses invités. Leurs manières et leur mise londonienne la surprirent. Les femmes portaient des toilettes par trop transparentes et des décolletés provocants. Les cravates des hommes étaient nouées trop haut, et leurs jaquettes, trop ajustées. Tous avaient un air emprunté et manquaient pour le moins d'attrait.

Elle était la seule à ne porter ni parure ni diadème.

Personne ne lui prêta attention sauf pour jeter un regard rapide et méprisant sur son simple rang de perles. Sa mère n'aurait pas manqué de trouver tout ce beau monde d'une élégance un peu outrancière pour un dîner à la campagne.

Lorsque vint l'heure de passer à la salle à manger, la surprise de Farica ne cessa d'augmenter. En dépit de la présence de femmes mariées et titrées, le comte la plaça à sa droite. Autant dire qu'ainsi, il désignait l'objet qu'il convoitait. A sa gauche, il plaça une beauté brune aux yeux de braise.

Elle était couverte de rubis et aurait aussi bien pu être nue tant son corsage était échancré.

Farica, qui ne connaissait que la vie sans fard de la campagne, en fut plutôt choquée.

Sitôt qu'ils furent assis, les invités devinrent très bruyants. Le champagne avait été, sans doute, généreusement servi avant leur arrivée, et les convives en avaient abusé.

Toutefois l'attention du comte se concentrait sur Farica.

— Je souhaiterais tant vous parler en tête à tête ! lui glissa-t-il à l'oreille, pendant qu'une armée de valets s'affairait avec diligence à débarrasser le premier plat.

— Ce ne serait pas convenable, répondit-elle.

— Ne dites pas de sottises ! Il m'est impossible de vous parler comme je le voudrais en présence de votre père. Accordez-moi une promenade. Nous pourrions faire une courte halte en forêt et laisser nos chevaux à un cocher. Votre séduction et votre charme sauront me rendre convaincant, je vous assure. Mettez-moi à l'épreuve !

— Votre proposition ne recevrait pas l'approbation de mon père, j'en suis sûre, et ma conduite pourrait paraître déplacée. Est-ce moi qui dois vous l'apprendre ?

— Voyons ! Oublions le protocole ! Je veux vous épouser. Avec l'accord de votre père, c'est une affaire entendue. Mais nous nous connaissons à peine, vous êtes bien forcée d'en convenir. Il faut faire un effort et nous voir plus souvent.

— Mon père vous a donné son assentiment pour votre projet, c'est un fait que je ne nie pas. Mais encore faut-il que j'accepte, je vous le rappelle, répondit Farica, embarrassée par la tournure que prenait la conversation.

Le comte parut un instant décontenancé par cette allégation, mais il chercha bien vite à se reprendre :

— Peut-être vous a-t-il laissée espérer cela. Mais ne jouez pas sur les mots ! Quand nous serons seuls, je saurai vous prouver l'inutilité de tous ces discours et de toutes ces conventions dépassées.

Il lui lança un regard aguicheur qui lui fit baisser les yeux ; il n'ignorait pas qu'elle appellerait au secours s'il s'avisait d'essayer de l'embrasser.

C'était sûrement dans ses intentions, songea-t-elle avec dégoût.

— Vous avez toujours vécu à la campagne et

vous ne connaissez pas la vie gaie et amusante de Londres, dit le comte, suivant le fil de ses pensées. Une fois mariés, nous irons nous installer à Brooke House, dans Berkeley Square, et donnerons chaque soir des fêtes merveilleuses qui dureront jusqu'à l'aube. D'ailleurs, je ne me souviens pas être jamais allé me coucher avant le lever du soleil, conclut-il en riant à gorge déployée.

Farica laissa courir son regard sur les invités qui devenaient de plus en plus exubérants. Ces soirées où l'on mangeait trop et où l'on buvait sans discontinuer l'excédaient et la déprimaient à la fois.

Elle se rappela les dîners exquis que ses parents donnaient au Prieuré, dans la grande salle à manger familiale, qui servait autrefois de réfectoire aux moines. Sa mère, ravissante et aimable, présidait à un bout de la table ; son père, imposant et jovial, était assis en face d'elle sur une chaise à haut dossier. A cette époque, tenaillée par la curiosité, Farica allait sur la pointe des pieds jusqu'à la galerie du ménestrel qui surplombait la pièce et de là, cachée aux regards et émerveillée, elle contemplait le spectacle féerique qui se déroulait en bas.

La table était décorée avec des chandeliers en bronze doré, de la vaisselle en vermeil et des bouquets de fleurs fraîches.

L'élégance des invités était en harmonie avec le décor, la conversation animée et stimulante. On abordait tour à tour des sujets aussi divers que la politique, les événements nationaux, locaux ou sportifs. Les rires joyeux et spontanés qui émaillaient ces échanges n'avaient rien de commun avec ceux qui lui écorchaient les oreilles chez le comte de Lydbrooke.

Un jour, je donnerai des soirées comme celles de ma mère, se promit la jeune fille.

Soudain, elle vit, indignée, qu'un des invités avait enlacé sa voisine. Peu après, la femme qui lui faisait face embrassa son index qu'elle posa sur la bouche de l'homme qui était assis à côté d'elle.

— Vous devrez vous en contenter pour l'instant ! cria la femme, provocante, d'une voix aiguë.

Elle gloussa quand il lui saisit la main et la lui abandonna.

Le dîner s'éternisait et Farica était de plus en plus outrée par le comportement des convives. Les compliments que lui adressait le comte, laissant sous-entendre qu'elle était sa fiancée, la mettaient mal à l'aise. Finalement, la jeune femme assise à la gauche du comte se leva en titubant :

— Ne buvez pas trop de porto si vous ne voulez pas avoir le nez rouge ! fit-elle. Venez nous rejoindre au salon dans dix minutes ou c'est moi qui viendrais vous chercher !

— Vos désirs sont des ordres, chère amie ! ironisa le comte sans même lui accorder un regard.

— Attention, n'oubliez pas ! ordonna-t-elle d'une voix éraillée.

Elle passa la porte tant bien que mal. Farica la suivit mais les autres invitées quittèrent leurs cavaliers à contrecœur. Au salon, la dame aux rubis prit Farica à partie et s'exclama :

— Il paraît que vous allez épouser Fergus ? Savez-vous dans quelle aventure vous vous embarquez ?

— Rien n'est encore décidé, répondit Farica timidement.

— Si vous êtes aussi riche qu'il le prétend, interrompit une autre invitée, soyez certaine que Fergus ne désarmera pas. Il a besoin d'argent, de beaucoup d'argent. Son projet ne date pas d'hier, si vous voyez ce que je veux dire ! Et il est tout près du but, on dirait.

Elles se mirent à rire sans que Farica en comprenne la raison, mais elle se douta qu'elles devaient toutes être de connivence.

— J'espère qu'une fois mariée vous continuerez à nous recevoir, reprit la dame aux rubis. Si vous voulez garder Fergus pour vous toute seule, il nous manquera. Ce n'est pas un homme facile, croyez-le, mais quel boute-en-train quand il veut ! En société, du moins...

— Ça c'est bien vrai, acquiesça une autre. Je suis obligée de lui rappeler de ne pas dépasser les bornes. Un jour, il se retrouvera dans le pétrin s'il continue comme ça.

— Pas s'il s'achète une conduite, lança quelqu'un, et toutes se remirent à rire sans façon.

Leurs allusions à sa fortune exaspéraient Farica.

Elle demanda à la dame aux rubis, qui semblait jouer le rôle de maîtresse de maison, si elle pouvait se laver les mains.

Elles passèrent toutes deux dans le hall, et sa compagne lui proposa d'aller se rafraîchir dans sa propre chambre.

— Je vous en prie, ne prenez pas la peine de

m'accompagner, dit Farica. Je connais bien la maison. Dites-moi seulement quelle est votre chambre.

— Celle de Charles II. Je ne suis pas près de l'oublier ! Vous pensez... c'est bien la première fois que je couche avec un roi !

Sur cette bonne plaisanterie, elle pouffa de rire et retourna au salon. Farica monta l'escalier. Les ancêtres de la famille Brooke la contemplaient du haut de leurs cadres dorés.

Si le vieux comte avait été encore de ce monde, n'aurait-il pas été révolté par ces agapes ? Elle osait espérer que son père le serait lui-même par l'indécence de ce dîner. Son attachement à cette maison lui faisait ressentir le banquet comme une insulte à tous les Brooke qui, à travers les siècles, avaient guerroyé et versé leur sang pour leur pays.

Le dernier était le vieux comte.

S'il avait survécu, rien de tel ne serait arrivé, songeait Farica qui se souvenait de ses propos peu élogieux à propos de son neveu Fergus.

Elle suivit le couloir de l'étage et pénétra dans la chambre de Charles II où une femme de chambre était en train de mettre de l'ordre. Apercevant Farica sur le seuil, elle lui adressa un sourire aimable et engageant.

— Oh ! c'est vous, miss Farica ! Voilà un bon bout de temps qu'on ne vous a vue ici !

— Comment allez-vous, Annie ?

— Ça va, miss. Mais, que de changements depuis la disparition de notre vieux maître. J'ai bien peur qu'il ne se retourne dans sa tombe à voir le train qu'on mène dans ces murs. Vous auriez peine à reconnaître la maison, maintenant.

— Que se passe-t-il ? demanda Farica qui connaissait déjà la réponse.

— Les invités, miss Farica ! Je n'ai jamais vu des gens pareils !

Devançant le désir de Farica, elle versa de l'eau chaude d'une cruche en cuivre, et remplit la cuvette de porcelaine.

— Vous n'avez pas idée du travail qu'on exige de nous depuis le décès de notre ancien maître. Nous ne sommes jamais couchées avant cinq heures du matin ; l'heure à laquelle nous devons nous lever d'habitude. Les femmes de chambre sont tellement épuisées qu'elles s'endorment sur leurs tâches ! Avez-vous jamais vu ça ?

— J'en suis désolée, Annie, dit Farica en saisissant la serviette que la vieille femme lui tendait.

— Le jeune comte ne veut être servi que par des jeunesses. Il a renvoyé Burrows qui, comme vous le savez, servait ici depuis plus de quarante ans. Quelle pitié ! On peut dire que rien ne va plus, ici...

— Je n'ai pas vu Burrows en arrivant, mais j'étais loin d'imaginer qu'il avait été congédié !

— Eh oui, miss ! Ainsi que tous les jardiniers qui approchaient la soixantaine et qui, je vous assure, connaissaient leur travail mieux que personne.

— Je sais que c'étaient des hommes d'expérience.

— Vous pouvez toujours aller le dire au comte ! Rien ne l'intéresse à part ces jeux, qui mettent la maison sens dessus dessous. On n'arrive plus à la garder propre. Sans parler de la casse ! Si vous saviez tout ce qui a déjà été brisé ! Que ce soit de la vaisselle ou des meubles...

Farica ne voulait pas en savoir davantage. Elle changea de sujet :

— Le comte occupe-t-il la chambre de son oncle ?

— Oui, miss. Il ne s'est pas gêné pour choisir la plus belle. Quand il vient au château, il nous menace : « C'est moi le maître, maintenant, vous m'obéissez ou je vous chasse ! » (Sans le faire exprès, Annie avait imité la voix de Fergus.) Venez avec moi, miss, je vais vous montrer quelque chose de navrant et qui me fait mal au cœur.

Farica n'avait aucune envie de voir quoi que ce soit mais elle ne voulait pas faire de peine à la vieille femme. Elle la suivit dans le couloir. La femme de chambre s'arrêta devant la porte d'un salon qui communiquait avec la chambre, et dont le vieux comte se servait pour recevoir du monde lorsque son état de santé lui interdisait de descendre l'escalier comme chaque jour.

Tous les tableaux avaient été décrochés. Des toiles plutôt vulgaires les remplaçaient. L'une d'elles représentait une baigneuse sortant de l'eau et une autre un nu couché sur un rocher. Leur facture réaliste soulignait la sensualité débridée des corps.

Farica y jeta un coup d'œil rapide :

— C'est une honte d'avoir retiré les portraits de famille. Où les a-t-on mis ?

— Le comte m'a dit de m'en débarrasser, mais je les ai rangés ici.

Elle pressa sur l'un des panneaux de boiserie. Farica connaissait l'existence de cette cachette, car elle avait entendu plusieurs fois le vieux comte y faire allusion.

Ce cabinet dérobé avait été aménagé sous le règne d'Elisabeth, lors de la persécution des jésuites. On l'avait conservé à la transformation du château, au siècle précédent, même s'il n'avait plus aucune utilité.

Annie prit un chandelier sur une table et se glissa dans le réduit, suivie de Farica. Les tableaux étaient soigneusement entreposés contre les murs : celui de l'épouse du vieux comte, pleine de noblesse dans sa robe de pairesse, ceux de ses parents, dignes et fiers comme tous leurs ancêtres. Seul, dans un coin, le portrait d'un tout jeune homme se détachait du lot. Farica ne l'avait encore jamais vu et elle l'examina de près.

— Voici le vicomte, « Mr Ivan » comme nous l'appelions quand il était petit, expliqua Annie. Nous l'aimions beaucoup et aurions tous souhaité rester à son service à la mort de son père.

L'émotion qui perçait dans sa voix était touchante.

En contemplant le portrait, Farica songea que la considération que portaient les domestiques à ce jeune homme était bien différente du sentiment qui les animait contre son cousin, le présent maître des lieux.

Son visage lui rappela quelqu'un. Elle supposa que ce devait être le comte, son père.

« Mr. Ivan », comme l'appelait Annie, n'avait pas vingt ans quand ce portrait avait été exécuté. C'était bien avant son départ pour la guerre. Il avait l'air jeune et insouciant, ses yeux pétillaient, un aimable sourire flottait sur ses lèvres. Ses fins cheveux noirs, coiffés en arrière, dégageaient un front haut et noble. On voyait dans son expression et le charme de l'enfance et l'enthousiasme de la jeunesse. Au reste, une belle prestance émanait de tout le personnage.

Farica regarda de plus près et, en un éclair, elle comprit qu'elle venait de faire une découverte involontaire et en fut bouleversée.

Ce n'est pas possible ! se dit-elle, et pourtant, ce front caractéristique lui était familier. En fait, c'est lui qu'elle avait vu quelques heures auparavant, barré d'une blessure. Le reste du visage, si son intuition était exacte, était beaucoup amaigri. La ressemblance était infiniment troublante.

— Etes-vous bien sûre qu'il s'agisse du vicomte ? s'entendit-elle demander d'une voix changée.

— Oui, miss. La ressemblance du modèle et du portrait est parfaite. Il aurait vingt-huit ans, aujourd'hui. Comme tout serait différent s'il était toujours en vie ! Mais que faire sinon prier le Seigneur pour qu'il le protège là où il se trouve ? La faute en est à la guerre.

La femme de chambre se retourna pour cacher ses larmes.

Farica resta plantée devant le portrait en se demandant honnêtement quelle pouvait être la part de son imagination. Puis, subitement, elle sut qu'elle avait découvert un secret. Un secret d'autant plus important que sa révélation risquait de s'avérer dangereuse pour John.

Elle devait à tout prix se taire.

3

Le choc qu'elle venait de subir avait laissé Farica désemparée. Elle descendit l'escalier pour rejoindre son père qui l'attendait dans le hall.

Elle l'interrogea du regard.

— Il se fait tard, ma chérie, nous allons prendre le chemin du retour. Le comte comprend qu'il n'est plus de mon âge de veiller de la sorte. J'ai déjà pris congé mais il voudra te saluer, toi aussi.

L'aveu de sa fatigue, qui n'était pas dans les habitudes de sir Robert, surprit la jeune fille. Mais elle était soulagée de ne pas avoir à retourner au salon. A ce moment-là, la porte s'ouvrit. Le hall s'emplit d'un vacarme dont la vulgarité contrastait avec la sobre élégance des statues classiques, des colonnes de marbre et des tableaux de maître. Le comte apparut et dit à sir Robert :

— Je regrette infiniment vous voir partir si tôt. Croyez-moi, mes bruyants invités de ce soir n'ont rien de commun avec la société choisie que je souhaiterais recevoir une fois que je serai marié.

Il s'efforçait de paraître sincère, mais Farica

se douta qu'il mentait. Comme si elle cherchait à se protéger de lui, elle serra autour de ses épaules son étole de cygne. Elle frissonnait mais ne voulait rien en laisser paraître.

— La voiture est avancée, sir Robert, annonça respectueusement le majordome.

Son père tendit la main au comte et Farica fit la révérence.

— Au revoir, Lydbrooke ! Nous serons ravis de vous recevoir si vous avez le temps de nous rendre visite un jour prochain.

— Mes invités me quittent lundi matin. Votre fille voudrait-elle me faire l'honneur de faire un tour du domaine dans mon phaéton, en ma compagnie. Je me suis laissé dire qu'elle connaissait mes terres mieux que moi, elle pourra m'apprendre beaucoup de choses !

Bien que son discours eût toutes les marques de la déférence, Farica savait qu'il jouait la comédie pour amadouer son père. Elle n'était pas dupe.

— Nul doute qu'elle ne soit enchantée, mais accepteriez-vous, au préalable, de venir déjeuner ?

— Certainement, et avec grand plaisir.

Farica descendit les marches recouvertes d'un tapis rouge et monta en voiture. Son père prit place à ses côtés, les valets fermèrent les portes et l'attelage s'ébranla.

Du haut du perron, le comte leur faisait un signe de la main.

Farica avait déjà oublié Fergus Brooke, sixième comte de Lydbrooke, et pensait à un homme aussi mystérieux que séduisant, un dénommé « John », qui habitait sur son conseil à la petite auberge de *L'Oie et du Renard*. Elle paraissait perdue dans ses pensées.

— Je suis désolé, ma chérie, commença son père, confortablement installé sur son siège capitonné. Je ne m'attendais pas à voir des gens se comporter aussi mal au château de Lyde.

— Heureusement que vous êtes venu me chercher !

— J'avais remarqué votre expression quand vous avez quitté la salle à manger. Vous savez, tous les jeunes gens doivent jeter leur gourme à un moment ou à un autre. A ce qu'il semble, Fergus ne l'a pas encore fait, et il faut croire qu'il s'y emploie avec zèle.

— Vous savez mieux que moi que le vieux comte n'a cessé de payer ses dettes et de réparer les effets désastreux de son inconduite.

— N'écoutez pas ces ragots de cuisine, ma fille ! Les gens ont toujours la langue trop bien pendue.

— Les domestiques parlent, c'est vrai, mais vous n'êtes pas sans savoir les bruits qui couraient sur Fergus Brooke avant qu'il n'hérite. Et pourtant, ceux qui colportaient les rumeurs les plus méchantes seraient les premiers à mendier des invitations à ses dîners et à ses réjouissances.

— Pour moi, ce qu'il lui faudrait, c'est une bonne épouse, une femme qui sache le guider et qui soit suffisamment intelligente pour faire quelques concessions. Cet héritage imprévu est une lourde responsabilité pour lui. Il n'a pas encore eu le temps d'y réfléchir. Il se contente d'en profiter sans remords.

Farica se garda de rétorquer qu'un homme fréquentant une telle compagnie de débauchés et de femmes vulgaires n'était pas digne d'une fortune aussi prestigieuse et d'un tel rang, mais elle ne voulait pas donner davantage de soucis à son père. Aussi se contenta-t-elle de dire prudemment :

— Ne croyez-vous pas qu'avant de penser au mariage le comte devrait prendre un peu de maturité et affermir son caractère ?

Sir Robert se retourna pour regarder sa fille, mais le soleil avait disparu, la nuit avait succédé au crépuscule et les étoiles étincelaient dans le ciel.

L'obscurité avait envahi la voiture et les passagers ne se distinguaient qu'à peine.

— Le comte est impatient de se ranger, reprit sir Robert après un silence, et ne voit pas la nécessité de faire traîner les fiançailles en longueur.

La vérité, pensa Farica, est qu'il désire disposer de ma fortune afin de mener le train de vie qui était, avant-guerre, celui des comtes de Lydbrooke. Il fallait pour cela des revenus considérables, et aujourd'hui il est bien improbable qu'il puisse faire de même.

Au cours des dernières années, les propriétaires terriens avaient vu leur situation se dégrader : les métayers ne payaient plus leur fermage, les journaliers recevaient des salaires de misère.

Farica savait que le vieux comte était heureux de ne pas posséder d'importantes propriétés à Londres. « Pour les Brooke, seule la terre compte », lui avait-il dit, un jour qu'ils étudiaient ensemble les cartes du domaine exposées dans la salle des trophées. Son attachement à la terre était réel et ne souffrait pas de discussion.

— Comme je vous comprends, avait répondu Farica. Je me suis toujours réjouie de ce que papa ait choisi lui aussi de vivre à la campagne. C'est là que je me sens la plus heureuse et que la vie est la plus riche.

Le comte avait posé la main sur son épaule :

— Vous avez bien raison, ma petite fille, et quand vous vous marierez, choisissez de préférence un homme qui ne fasse qu'un avec son cheval, qui soit obéi de ses chiens, et qui nourrisse convenablement son bétail. S'il s'en occupe avec soin et attention, il fera de même avec les gens qui sont sous ses ordres, et avec sa femme.

A l'époque, Farica n'avait pas seize ans. Autant dire qu'elle avait pris cette recommandation d'un autre âge plutôt à la légère. Mais ces propos un peu rudes avaient depuis fait leur chemin dans son esprit.

Aujourd'hui, ce n'était pas sans un certain dédain qu'elle considérait le nouveau comte et sa clique arrogante de citadins inaptes à goûter les joies simples et authentiques de la vie à la campagne.

Le père et la fille poursuivirent leur route en silence et franchirent bientôt les grilles de Lyde. Lorsqu'ils atteignirent la place du village où se trouvait *L'Oie et le Renard*, Farica ne put réprimer la question qui lui vint aux lèvres. Il fallait qu'elle sache.

— Pourquoi n'a-t-on pas fait ramener le corps du vicomte après qu'il a été tué à Waterloo ? Ne devrait-il pas, comme le veut la tradition, être enterré dans le caveau de famille, avec les siens ?

Elle constata que son propos surprenait son père.

— En fait, je l'ignore. Normalement, le corps d'un officier, surtout d'un tel renom, aurait dû être rapatrié avec les honneurs militaires, mais peut-être, son père étant mourant, a-t-on jugé préférable de le laisser en France. J'aurais moi-même souhaité agir de même pour notre Rupert, mais l'aumônier de son régiment m'a convaincu qu'il était enterré avec d'autres officiers et avec ses hommes, dans un grand cimetière français. Il eût été malvenu de faire une exception pour lui et de le ramener chez nous.

Farica prit la main de son père.

Elle avait décelé du chagrin dans sa voix et savait combien l'évocation de la perte de son fils unique était douloureuse à son cœur.

Plus tard dans la nuit, en montant se coucher, la question l'obsédait encore. Il était pour le moins étrange, décidément, si le vicomte Brooke était mort, comme tout le monde le croyait, qu'il ne soit pas enterré avec ses ancêtres dans le cimetière du village.

Là, reposaient un Brooke qui s'était battu à Azincourt, plusieurs qui avaient été tués durant les campagnes du duc de Marlborough, et d'autres qui avaient péri pendant la guerre civile, pour la cause du roi.

Si Ivan était mort, songea-t-elle, sa place était ici, parmi les siens.

Elle eut du mal à s'endormir avec, devant les yeux, l'image de Fergus avachi dans le haut siège sculpté de son oncle, une sorte de trône aux armes de la famille ; en surimpression, elle ne pouvait s'empêcher d'évoquer les yeux pétillants et les lèvres souriantes du jeune vicomte, sur le portrait caché dans le cabinet secret où Annie l'avait pieusement remisé.

Pourquoi le comte tenait-il tant à se débarrasser de ce portrait ?

Elle se jura de trouver bientôt la réponse.

Enfin, à peine avant le lever du jour, elle sombra dans un sommeil plus serein, jusqu'à ce que les femmes de chambre viennent la réveiller en ouvrant tout grands ses rideaux.

Elle sut aussitôt qu'il lui serait impossible d'attendre le début de l'après-midi pour revoir John et lui faire part de son incroyable découverte.

Tout en s'habillant, elle cherchait fébrilement une excuse valable pour dépêcher un pli à l'auberge.

Tel un messager du destin, un petit oiseau vint s'écraser contre la barre d'appui de la fenêtre. Il était très mal en point et serait tombé s'il ne s'était pris dans le feuillage de la vigne vierge ; ainsi suspendu, il se balançait, menaçant de faire une chute vertigineuse. Farica bondit.

Elle ouvrit grande la fenêtre et prit l'oiseau. Il était pantelant mais pas encore mort, pensa-t-elle ; il avait dû se casser les pattes. Elle le caressa doucement. C'était un oisillon, sans doute tombé d'un des nids comme on en voyait accrochés aux toits de la maison.

Elle s'aperçut qu'il était l'alibi idéal pour son plan.

— Est-il blessé, miss ? demanda la femme de chambre, curieuse et attendrie.

— Oui. Et dans son état, il est impensable de le laisser dehors. Les chiens ou les chats l'attraperaient avant qu'il n'ait la force de s'envoler. (Elle s'arrêta puis ajouta, comme si elle venait soudain d'y penser :) Je sais ce que je vais faire ! Je vais le porter chez Abe ! Il n'a pas son pareil pour soigner les animaux blessés.

— Quelle bonne idée, miss ! Le chat de ma grand-mère est un fameux bagarreur et il a failli plus d'une fois y rester. Le vieil Abe le remet chaque fois sur pied en moins de temps qu'il n'en faut pour le dire.

— Allez me chercher une petite boîte pour le transporter sans lui faire de mal. N'oubliez pas d'y percer quelques trous, sinon il risquerait de mourir étouffé.

Quelques minutes plus tard, tandis qu'ils prenaient leur petit déjeuner, Farica raconta l'incident à son père.

Il se rallia aussitôt à l'idée de montrer l'oiseau à Abe.

— Ce vieux bougre est un phénomène ! admit sir Robert. Il a indéniablement un don pour guérir les animaux ! Que deviendrait le village sans lui ? Il paraît même que les gens viennent le voir de très loin, et pour toutes sortes de maux.

— C'est un si brave homme !

Farica demanda qu'on prépare l'attelage avec son poney.

Petite fille, elle s'en servait avec sa gouvernante ; maintenant, elle le conduisait elle-même pour de courtes promenades. Près d'elle, sur le siège, elle posa la boîte dans laquelle l'oiseau reposait, puis elle prit les guides et partit, non sans avoir signifié au cocher qu'elle se passerait de ses services.

En effet, pour cette course, elle tenait à être seule.

En moins de dix minutes, elle avait atteint l'auberge. Abe et John étaient aux prises avec un jeune cygne auquel ils s'efforçaient de poser une attelle : opération délicate.

Farica les observa jusqu'à ce qu'ils aient terminé. Elle gardait le silence, en saisissant au vol les regards que John lui adressait de temps à autre.

Une fois la bête pansée, ils l'enfermèrent dans une petite cage pour l'empêcher d'utiliser sa patte malade.

— A nous, maintenant, miss Farica ! dit Abe. Je vois qu'on m'a amené un petit visiteur ! Un de plus...

— C'est un petit oiseau tombé du nid. Il s'est cogné contre ma fenêtre et s'est pris dans la vigne vierge. Je ne sais pas s'il s'est cassé les pattes, mais soyez gentil de l'examiner.

La boîte sur les genoux, Abe souleva le couvercle. Regardant John, Farica lui dit à mi-voix :

— Il faut que je vous parle !

Il acquiesça d'un signe de tête, puis traversa la petite cour pour ouvrir la porte d'une écurie :

— Venez voir les chiots qui sont nés cette nuit, miss Farica. C'est une jolie portée ! Ils vont vous ravir car ils sont si amusants. Ils sont tachetés et on serait bien en peine de choisir le plus beau.

Elle le rejoignit aussitôt.

Une chienne dalmatienne avait mis bas six chiots. Ils formaient un tas attendrissant entre les pattes de la mère qui les léchait tour à tour. Tout en les caressant, la jeune fille dit dans un souffle :

— Je dois vous parler de toute urgence ! (Puis elle ajouta tout haut, pour qu'Abe puisse l'entendre :) Comme ils sont mignons ! Ils appartiennent au fermier Johnson, n'est-ce pas ? J'en achèterai un volontiers. Les dalmatiens de papa se font vieux ; ils ont besoin d'être renouvelés.

— Quand il viendra tout à l'heure, je lui ferai part de votre souhait, miss, dit John.

— Rien de grave en ce qui concerne votre petit protégé, miss Farica, déclara Abe. Vous pouvez être tranquille, mais il vaut mieux que je le garde quelques jours ici avec moi, jusqu'à ce qu'il soit assez grand et assez fort pour se débrouiller seul. Il est encore tout petit.

— Me voilà rassurée ! Mais je suis confuse de vous encombrer avec un patient supplémentaire.

— Pensez-vous ! Je n'en ai jamais assez ! Et ils sont tous les bienvenus chez moi.

Abe jeta un coup d'œil autour de lui. Un bon sourire rayonnait sur son visage aux rides profondes, et ses yeux reflétaient la générosité sans façon des gens simples.

— Papa m'a chargée de vous transmettre son meilleur souvenir. Il est très occupé en ce moment, mais passera vous voir un de ces jours.

— Votre père est un excellent homme qui sait gérer ses terres, remarqua Abe. Son personnel l'apprécie et il a raison. Rien ne vaut un bon maître.

Il n'en dit pas davantage mais Farica devina ses pensées.

— Puis-je emmener John quelques minutes avec moi ? Je voudrais lui demander de déplacer une branche tombée en travers du chemin du bois. C'est un vrai danger pour les roues de mon attelage.

— Notre ami est bien assez fort pour ce que vous aurez à lui demander ! Vous pouvez lui faire confiance, miss.

— J'en suis certaine.

La jeune fille sortit de l'auberge et John l'aida à s'installer dans sa voiture.

— Ne pensez-vous pas que je sois trop lourd pour monter avec vous ? demanda-t-il, hésitant. Votre poney n'est pas si robuste...

— Nous n'allons pas bien loin, dit-elle avec un sourire.

Il monta avec précaution et s'assit sur le bord du siège, comme s'il craignait de voir s'effondrer la voiture.

Farica donna le départ et le poney partit d'un pas alerte. Cette charge inhabituelle ne semblait pas lui demander d'effort.

Pendant le trajet, les deux jeunes gens n'échangèrent pas une parole.

Dans l'allée qui conduisait aux grilles du Prieuré, Farica emprunta une trouée qui donnait dans le parc. Ce chemin servait de raccourci aux gens de la propriété qui se rendaient au village.

Farica alla ranger son boghei sous l'ombre de grands arbres, puis elle lâcha ses guides.

— Tout va bien à l'auberge ? fit-elle.

— Seriez-vous venue seulement pour vous rassurer sur mon sort et me demander de mes nouvelles ?

Tout en lui parlant, elle détaillait son visage. En comparaison du portrait, ses traits étaient à peine changés, à peine plus marqués. C'était bien le même homme.

— Vous ne vous êtes pas montré franc avec moi ! s'écria soudain Farica.

— Que voulez-vous dire ?

— Hier soir, avec papa, nous nous sommes rendus à une invitation à dîner au château. (Un instant, elle vit les lèvres de John se crisper, mais il demeura silencieux.) Ce fut, pour tout dire, une soirée très désagréable : bruyante, tapageuse, vulgaire. Le comte la donnait pour satisfaire ses prétendus amis de Londres : des gens qu'on ne s'attendrait pas à rencontrer à Lyde ! Et qui n'y viennent pas, je crois, pour le plaisir de la campagne.

— Et avec lesquels on n'aime guère à se montrer. Comment votre père a-t-il pu vous emmener là-bas ? Il ne sait donc pas à qui il a affaire ?

— Mon père, comme vous le savez, souhaite vivement que le comte et moi nous connaissions davantage. (Elle n'osait pas le regarder mais devinait son amertume). Il souhaite un rapprochement, ajouta-t-elle.

— Je vous avais pourtant mise en garde ! s'indigna John.

— Ce n'est pas moi qui veux de ce mariage !

Farica observa son compagnon. Après un silence prolongé, il demanda d'une voix qu'il s'efforçait de rendre indifférente :

— En quoi vos affaires me concernent-elles ?

— Vous êtes, si je ne m'abuse, la seule personne qui puisse faire entendre raison à mon père et ce n'est pas rien, croyez-moi : il s'imagine pouvoir me faire épouser sans difficulté l'homme avec lequel nous avons dîné hier soir. Mais quand bien même ce mariage stupide se ferait, je ne serais pas la femme du véritable comte de Lydbrooke !

John eut un sursaut. Puis, il la regarda, ébahi :

— Que signifient ces étranges propos ? Je ne comprends rien à ce que vous me racontez ! fit-il d'un ton cassant.

— Cessez ces faux-semblants ! dit Farica d'une voix douce. La vieille Annie, qui vous aimait beaucoup et ne vous a pas oublié, m'a montré votre portrait dans la cachette du salon de votre père. Un portrait que votre cousin avait exigé qu'elle détruise, ainsi que tous ceux de votre mère et de vos grands-parents. C'est un scandale ! Je les ai vus, tous, mis au rancart...

— Il s'emploie donc à supprimer toutes les preuves qui attestent de mes droits ! Que le diable l'emporte ! s'écria John, soudain hors de lui.

— Ainsi, vous êtes bien le comte de Lydbrooke !

— La belle affaire ! répondit John, et sa voix s'était teintée de lassitude. En admettant que les gens du pays se montrent aussi perspicaces que vous, Farica, je ne vivrais pas assez longtemps pour en tirer quelque fierté.

— Mais, enfin, pourquoi vous cacher ? Pourquoi ne pas jeter le masque, paraître au grand jour et proclamer la vérité ? (Comme il se taisait, elle poursuivit :) Je ne vois rien là de très compliqué. Dites à papa qui vous êtes, faites-vous connaître, parlez-lui, il fera en sorte que tout rentre dans l'ordre et vous donnera son soutien. Il vous aidera.

— Révélez qui je suis à votre père et vous signez peut-être son arrêt de mort et le mien !

— Pardon ? Je ne comprends pas.

— Trois hommes sont déjà morts à cause de moi ; n'est-ce pas déjà assez ?

Farica respira profondément, puis elle se pencha en avant, et, les mains jointes, elle le supplia :

— Expliquez-moi ! Racontez-moi ce qui s'est passé ! Il faut que je sache ! Je ne comprends pas de quoi vous voulez parler.

John regarda autour d'eux.

— Il serait très dangereux que l'on nous voie ensemble. Laissons le poney ici et faisons quelques pas dans les bois. Puisque vous voulez savoir la vérité...

Il mit pied à terre et aida Farica à descendre. Ils marchèrent d'un même pas jusqu'à une clairière où plusieurs grands troncs d'arbres étaient tombés durant les mois d'hiver. Ils n'avaient pas encore été débités.

Farica s'assit sur l'un d'eux et ôta son bonnet qu'elle posa sur le sol, à côté d'elle. Elle sentait sur elle le regard de John, scrutateur et préoccupé, mais attendri aussi.

— Vous êtes si belle. Et si innocente ! Je n'ai pas le droit de vous mêler à cette histoire. Ce serait cruel et trop lourd pour vos frêles épaules.

— Je dois tout savoir, j'en sais déjà trop long ! Vous n'avez pas le droit de vous taire plus longtemps.

— Si j'étais raisonnable, je partirais sur-le-champ afin de ne pas vous entraîner dans une aventure incertaine. Il y a de gros risques qu'elle tourne au drame. Je vous répète que je n'ai pas le droit...

— Je n'ai pas peur ! Ce n'est pas le hasard mais la force du destin qui nous a réunis dans cette clairière. Sachons faire face, puisqu'il est désormais impossible de revenir en arrière ! J'exige de savoir la vérité, toute la vérité ! Je vous écoute.

La fougue de la jeune fille le radoucit.

Il eut un sourire qui le fit paraître plus jeune et plus heureux.

— Vous avez, comme toutes les femmes, le don de retourner les situations à votre avantage ! Mais puisqu'il en est ainsi, Farica, et bien que ma conscience me conseille l'attitude inverse, je vous dirai toute la vérité, comme vous le réclamez.

— Dites-moi, je vous en prie...

— Je suis, comme vous l'avez deviné, Ivan Brooke ; sixième comte de Lydbrooke, depuis la mort de mon père.

— Il ne vous reste plus qu'à le prouver ! le coupa Farica qui brûlait d'impatience.

— J'ai été blessé à Waterloo, poursuivit John comme si elle ne l'avait pas interrompu. D'après ce que j'ai appris par la suite, une balle m'a atteint au front — vous pouvez encore voir ma blessure —, et j'ai été désarçonné. Mon pied est resté pris dans l'étrier et mon cheval m'a traîné à l'écart des combats. (Farica l'écoutait attentivement.) C'est ce qui explique que l'on ne m'ait pas retrouvé en même temps que les autres blessés de mon régiment. Les maudits détrousseurs de cadavres qui, tels des vautours, hantent les champs de bataille, m'ont dépouillé de mon uniforme et de tout ce que j'avais sur moi. J'eusse été bien en peine de protester. J'étais dans le coma, laissé pour mort, comme nombre de mes compagnons.

Farica poussa un profond soupir mais s'abstint de tout commentaire.

Après une pause, John continua :

— Quand j'ai repris conscience, j'étais entouré par les soins diligents de religieuses dans un couvent, loin de Waterloo. Elles étaient bonnes et pleines d'attention. Ma blessure me faisait horriblement souffrir. En outre, j'avais perdu la mémoire. Je ne savais ni où j'étais, ni qui j'étais.

— Vous ne vous souveniez de rien ?

— Je ne savais plus quel était mon régiment ; je ne pouvais pas dire si j'étais officier ou simple soldat ! Je souffrais et de mon état physique et de cette incertitude.

— Je ne puis le croire !

— Ma blessure était grave et la douleur, parfois, insupportable. Très vite, les médecins s'étaient rendu compte que j'étais frappé d'amnésie. Ils m'appelèrent John, parce que j'étais anglais. (Il s'arrêta pour émettre un rire sans joie.) Ces braves gens avaient sans doute des dons de voyance : savez-vous qu'*Ivan* est une variante de *John*, ainsi que *Ian* et *Sean* ? Ils n'étaient pas tombés bien loin de la vérité.

— J'ignorais cela, mais, de grâce, continuez !

— On me garda, à cause de mon amnésie. Quant aux autres Anglais, mes compatriotes, ils furent rapatriés. En fait, ne restaient, dans cet hôpital de fortune, que des Français gravement blessés et qui avaient peu de chances de guérir. Compte tenu de ma robuste constitution, les religieuses me demandèrent bientôt de leur rendre certains services : scier du bois, aider à transporter les invalides... Je leur devais bien cela et m'acquittais de mes tâches avec plaisir.

— Et puis, que s'est-il passé ?

— Les médecins avaient donné des consignes pour que je prenne du repos, bien tranquille, en attendant de retrouver la mémoire. Peu à peu, des bribes du passé me sont revenues, et j'ai pu reconstituer mon histoire.

— Quelle a été votre première réminiscence ?

— Le lac ! Je voyais clairement les cygnes glissant sous le pont et l'endroit où j'avais l'habitude d'aller pêcher la truite. Mais où ces lieux se trouvaient-ils ? Je l'ignorais et ne parvenais pas à le préciser.

— Et ensuite ?

— Vous ne serez pas surprise si je vous dis les écuries, surtout le box où je gardais mon étalon. Le jour où je me suis souvenu de son nom, tout le couvent célébra l'événement. J'étais si heureux, moi-même.

— Comment s'appelait-il ? demanda Farica en riant.

— Twister !

Ils éclatèrent de rire.

— J'ai récupéré lentement. Comme dans un puzzle, j'assemblais peu à peu, par fragments, des lieux qui m'évoquaient un pan de ma propre histoire. Je progressais.

— Aucun visage ne vous revenait ?

— Pas au début. Et puis un jour, j'ai eu la claire vision du portrait de ma mère, et j'ai su qui elle était. J'étais sauvé. A partir de là je fis de rapides progrès. Ce portrait était mon trésor, ajouta-t-il, ému.

— Celui que j'ai découvert, hier soir, dans le cabinet secret !

— Celui-là même ! Il en existe d'autres d'elle, à Lyde, mais c'est mon préféré, et il m'est revenu en premier ; ce qui était bien normal.

— A ce moment-là, saviez-vous qui vous étiez ?

— Il me fallut encore quatre jours pour me rappeler que j'étais bien le vicomte Brooke et que j'avais servi dans un régiment de cavalerie à Waterloo.

— Vous deviez être fou de bonheur !

— Je l'étais, si bien que l'on dut me forcer à m'aliter à cause d'une forte poussée de fièvre. On a même craint une congestion cérébrale ou quelque chose de pire. Bref, je n'ai aucun souvenir de la semaine qui suivit ma découverte capitale.

— Et après, vous sentiez-vous mieux ?

— Oui, j'étais parfaitement bien. Je suis allé trouver le prêtre du couvent, un vieil homme compatissant, pour lui demander d'écrire à mon père et lui annoncer que j'étais toujours en vie, tout en lui expliquant dans le détail les raisons de mon silence involontaire.

— Pourquoi n'êtes-vous pas rentré aussitôt, pour apparaître en personne ?

— J'y ai bien songé, mais on ne voulait pas me laisser partir. Le médecin jugeait que je n'étais pas assez rétabli pour supporter le voyage. Les suites de ma blessure et d'affreux maux de tête m'épuisaient : j'ai suivi son conseil, à mon grand regret.

— C'était plus sage, j'en suis sûre !

— Hélas, non ! Car le prêtre a adressé sa lettre au comte de Lydbrooke, en ignorant tout, bien sûr, de la mort de mon père.

— A quelle date ? demanda Farica en se disant qu'elle aurait dû poser cette question plus tôt.

— A la fin du mois de janvier.

La jeune femme poussa un cri de saisissement.

— Hélas ! votre père était déjà mort ! Il a été enterré quelques jours avant Noël. Je me souviens d'avoir pensé qu'il était bien triste, pour votre famille, de prendre le deuil au moment de célébrer cette fête si joyeuse.

— Oui, mon père est mort avant de recevoir cette lettre, affirma John en appuyant sur chaque mot. Mais la lettre a néanmoins atteint un destinataire, pour mon malheur.

— Elle était adressée au comte de Lydbrooke. C'est donc votre cousin Fergus qui l'a reçue et ouverte ? dit Farica d'un ton grave.

John gardait les yeux fixes et sans expression.

— Je suppose, en effet, que c'est ce qui s'est produit.

— A-t-il répondu ?

Alors, John fit d'une voix farouche :

— Sa seule réponse fut d'envoyer un homme pour me supprimer !

Comme si elle avait mal entendu, Farica le

regardait, stupéfaite. Les pensées se heurtaient dans sa tête tandis qu'elle demandait :

— Vous voulez dire qu'il... a chargé un homme de vous tuer ?

Sa voix nouée franchit difficilement ses lèvres.

— C'est un miracle que l'homme de main ait échoué ! Je m'étais installé, dès janvier, dans une dépendance du couvent, que je partageais avec deux autres blessés. En attendant une réponse d'Angleterre, je vivais dans cette chaumière avec un jeune fermier qui s'était fait une sérieuse entaille à la jambe en maniant sa faux, et un adolescent d'une quinzaine d'années qui s'était cassé le bras en grimpant à un arbre. De braves gens, grâce auxquels j'ai fait de gros progrès en français. Je bavardais avec eux puisque je n'avais rien d'autre à faire, et je reconnais volontiers qu'ils étaient de bonne compagnie.

— Ensuite ?

— Une nuit, le fermier eut une hémorragie ; je crus que sa plaie s'était rouverte. Je m'habillai en vitesse et me précipitai au couvent pour chercher du secours. Une religieuse de garde priait d'habitude à la chapelle. Quand je poussai la porte, je ne trouvai personne car, comme je devais l'apprendre plus tard, elle était au chevet d'une autre religieuse qui avait eu une crise cardiaque. (John avait le regard vague comme s'il revivait chaque épisode de son passé.) Je restai un moment à attendre, en me demandant si je ne devrais pas retourner à mon logis pour essayer d'enrayer moi-même l'hémorragie avec des moyens de fortune. Je commençais à m'affoler et ne savais quel parti prendre.

Farica était suspendue à ses lèvres.

— Alors, qu'avez-vous fait ? souffla-t-elle.

— Enfin, une novice est arrivée. Je lui ai expliqué ce qui se passait. Elle est allée aussitôt réveiller une sœur expérimentée que je connaissais pour m'avoir soigné. Celle-ci prit un certain temps pour s'habiller et aller chercher ce dont elle avait besoin. Je l'accompagnai.

» Nous traversions le cloître quand, soudain, je sentis une odeur de fumée. Je demandai à la sœur : « Ne sentez-vous pas une odeur de feu ? » « Nous ne faisons jamais de feu dans cette partie du couvent », me répondit-elle. Il faisait très froid et je crus que j'étais victime d'une hallucination. Nous longions un couloir et soudain, par une fenêtre, j'aperçus des flammes. Atterré, je poussai un cri. Nous nous mîmes à courir mais, déjà, un toit s'effondrait. Entre-temps, alarmé, tout le couvent s'était rué dehors. Malheureusement, il n'y avait plus rien à faire et nous assistâmes, impuissants, aux ravages de l'incendie.

— Avez-vous pensé qu'il avait été allumé dans l'intention malfaisante et délibérée de causer votre perte ? demanda Farica en frissonnant.

— Je ne l'appris qu'après l'enquête. Le prêtre qui s'en était chargé interrogea toutes les personnes susceptibles d'y avoir eu quelque responsabilité. C'est ainsi que la sœur commise à la surveillance de l'entrée du couvent révéla qu'elle avait vu un homme, un Anglais, supposait-elle, car il parlait un français exécrable, qui voulait rencontrer Ivan Brooke. « Je veux le voir », tonnait-il à la porte. La sœur lui avait répondu que, vu l'heure tardive, c'était impossible. « Où est-il ? » avait-il alors demandé. Devant son insistance, la sœur avait cru bon de lui expliquer qu'une règle au couvent interdisait l'entrée aux hommes à cette heure de la nuit. Puis elle lui avait expliqué sans méfiance qu'on m'avait installé dans une sorte d'annexe, avec un toit de chaume, à l'autre bout du jardin ; elle veillerait, dit-elle, à le faire recevoir le lendemain matin. Elle prit la peine de mentionner les heures de visite, de deux à quatre heures de l'après-midi. « Me promettez-vous qu'il me sera alors possible de le voir ? » avait encore demandé l'homme. Elle lui avait affirmé qu'elle organiserait l'entrevue en personne. Il me rencontrerait dans ma chambre, mais devrait d'abord passer la voir. Nul ne l'avait jamais revu...

— Pensez-vous qu'il a mis le feu, croyant vous surprendre pendant votre sommeil ?

— Nous ne pouvions en être sûrs, expliqua John. Mais cette mystérieuse visite m'avait alerté, et je le soupçonnais d'être l'auteur du forfait. Comment ce malfrat apprit-il que sa tentative avait échoué ? Le fait est qu'il recommença le surlendemain, et qu'il fut bien près de réussir, cette fois.

— Qu'a-t-il fait ?

— Cet incident avait provoqué chez moi de violentes migraines ; la fièvre ne me lâchait pas. Contraint de me reposer, je me sentais tel un malheureux prisonnier, enfermé entre les quatre murs de sa cellule. On m'avait attribué par force une petite pièce dans le couvent que j'avais dû réintégrer. Il faisait froid mais, pendant la journée, juste après le déjeuner, à l'abri du vent, je pouvais profiter d'un peu de soleil. Je demandai donc aux religieuses l'autorisation de rester au jardin, au centre du cloître.

» On m'apporta une chaise longue qu'on installa sur l'herbe, à côté d'une statue de la Vierge. La religieuse qui s'occupait de moi, me dit : « Profitez du bon air, John, ne lisez pas, tâchez de dormir un peu. » Je m'allongeai confortablement et fermai les yeux. Sous mes paupières closes, je m'amusais à faire défiler des images : les arbres du parc de Lyde miroitant de givre, le lac où j'aimais patiner quand la glace était assez solide. (John marqua un temps d'arrêt avant de reprendre :) Peut-être ces images hivernales me donnèrent-elles froid ? C'est bien la sensation que je ressentis. Je voulus m'éviter un rhume fâcheux. A l'instant où je me levais pour rentrer, un homme, venu la veille pour se faire soigner d'une morsure infectée à la main, pénétra dans l'enceinte du cloître, et m'interpella sans façon :

— Vous partez ? me demanda-t-il. Vous étiez pourtant installé comme un coq en pâte ! Bien au chaud, bien au calme ! Voilà ce que j'appelle la vie.

— Il fait un peu frais ! Je vais chercher un manteau et une couverture, lui répondis-je.

— Je vous garderai votre siège au chaud pour quand vous reviendrez ! fit-il en riant. Ne vous pressez pas, surtout ! C'est parfait pour moi.

Ce disant, il s'allongea, la tête sur mon oreiller.

Je regagnai ma cellule et trouvai sur mon lit un exemplaire du journal que les sœurs m'accordaient comme une faveur, car elles savaient que je me passionnais pour les résultats des négociations entre Wellington et les Français.

— Comme je vous comprends ! dit Farica tout bas.

— Je me plongeai donc dans la lecture du journal et n'eus de cesse que je ne l'eusse finie, puis je retournai au cloître pour découvrir, à ma vive stupeur, que mon mystérieux agresseur avait frappé une nouvelle fois.

— Qu'était-il arrivé ? demanda Farica dans un souffle.

— Le brave homme qui avait pris ma place dans la chaise longue avait été tué d'un coup de poignard en plein cœur ! Tout d'abord, je crus qu'il dormait. « Réveille-toi ! C'est mon tour ! » lui dis-je. Tandis que je le secouais, la couverture qui l'enveloppait glissa. C'est alors que je vis une tache écarlate sur le plastron de sa chemise et appelai au secours.

— Pensiez-vous que le meurtrier était le même homme que celui qui avait mis le feu au couvent deux jours plus tôt, pendant la nuit ?

— La seconde enquête nous le confirma. L'Anglais était revenu voir la sœur portière et avait prétendu qu'il avait eu un empêchement. Lorsqu'elle lui parla de l'incendie, il fit une mine horrifiée et prit la peine de demander si j'étais toujours en vie, et où je me trouvais.

» — Il se repose dans le cloître, lui confia la sœur. Dois-je vous annoncer ? Mais au préalable, je dois aller demander l'autorisation de vous faire entrer. Il vous faudra encore attendre un moment.

» — C'est bien normal, et je vous remercie, répondit-il.

» Elle le pria de rester à l'extérieur et s'en fut trouver la mère supérieure.

— Et il a profité de son absence momentanée pour se glisser à l'intérieur du couvent et se mettre à votre recherche, devina Farica.

— Cette bonne religieuse lui avait fait confiance et n'avait pas pris la peine de verrouiller la porte, expliqua John. Quand elle revint avec l'autorisation de la mère supérieure, le visiteur avait disparu.

— Et pendant ce temps, le malheureux qui avait pris votre place sur la chaise longue s'était fait poignarder pendant son sommeil !

— Il est mort sur le coup !

— Je n'ai jamais entendu une histoire aussi terrible ! s'exclama Farica. Que comptez-vous faire à présent ? Il doit bien exister quelqu'un quelque part qui puisse témoigner en votre faveur. Je ne peux croire que votre cause soit perdue.

— C'est bien là le drame ! Toute personne qui apporterait une preuve visant à me rétablir dans mes droits serait irrévocablement condamnée. Mon ennemi est féroce et ne recule devant rien. L'enjeu est trop important pour lui, comme vous le savez.

4

— Quelle heure est-il ? demanda Farica.

De la poche de sa veste, John sortit une montre de gousset.

C'était une montre des plus ordinaires et Farica supposa qu'il l'avait achetée en France.

Il la lui tendit :

— Il est presque dix heures et demie. J'ai dit à papa que je le retrouverais à la messe de onze heures, après avoir déposé l'oiseau malade chez Abe.

— J'avais oublié que nous étions dimanche, remarqua John.

Un sourire nostalgique éclaira fugitivement son visage amaigri.

— Hormis les vieux du village, les fidèles ne sont plus guère nombreux à l'église, constata Farica. (Puis, après réflexion, elle s'écria :) Mais il y en a plus d'un qui doit se souvenir de vous ! Prenez garde de ne pas être vu. Vous ne devez pas commettre d'imprudences.

— J'y veillerai, répondit John. Mais ce ne sera pas facile !

— Justement, nous devons mettre au point une véritable stratégie. Je m'échapperai dès que je le pourrai : nous nous retrouverons comme prévu, à la clairière. Vous en souvenez-vous ? Ou faut-il que je vous dise comment vous y rendre ?

— Je sais où elle se trouve, dit John. J'y suis allé la nuit dernière pour la repérer et être bien certain de ne pas vous faire attendre.

Farica remit son bonnet dont elle noua les brides sous son menton :

— J'ai une mission très sérieuse à accomplir : je dois demander au Seigneur de vous rendre votre place légitime, celle qui vous revient.

— Si cette prière vient de vous, je suis sûr qu'elle sera exaucée ! Je prierai de mon côté.

Farica lui adressa un sourire plein de charme et, le précédant, elle se dirigea vers son poney. Elle trouvait plus raisonnable de laisser John rentrer seul et reprit son chemin à la hâte, sans cesser de songer à l'inextricable situation du malheureux comte de Lydbrooke.

Elle implora Dieu en silence, le suppliant de trouver un dénouement qui ne fasse pas davantage de victimes. Fergus Brooke allait très certainement se battre comme un tigre afin de conserver une position qu'il avait dû longtemps convoiter. Quel individu abominable fallait-il être pour imaginer de faire assassiner son propre cousin ! Elle en frissonnait.

Elle n'avait prêté que peu d'attention aux frasques qu'on attribuait à Fergus ; sa tendance naturelle l'inclinait à penser que les rumeurs étaient toujours exagérées. Mais aujourd'hui, elle devait se rendre à l'évidence.

Le souvenir de la soirée de la veille au château la faisait encore trembler.

La voix d'Annie l'obsédait tandis qu'elle lui racontait tout ce qui s'était passé entre ces vieux murs depuis le décès du vieux comte. Cela ne peut pas durer ! se dit-elle, sans ignorer les mille et une complications qui ne manqueraient pas de survenir sur son chemin.

Farica avait demandé à un cocher de venir l'attendre devant l'église pour prendre son attelage.

Son père la ramènerait dans la victoria, après la messe.

Quand elle pénétra dans la nef, sir Robert était déjà assis sur le banc traditionnellement réservé aux habitants du Prieuré.

Il lui sourit, car sa beauté faisait d'elle, à ses yeux, la jeune comtesse idéale de Lydbrooke.

Elle alla s'agenouiller à côté de son père sur un coussin de velours cramoisi, et commença à prier avec ferveur pour celui qu'elle appelait désormais, dans le secret de son cœur, Ivan. Elle eut l'impression de sentir près d'elle la réconfortante présence de sa mère lui prédisant que tout finirait bien. Comme elle le souhaitait !

Une fois la messe terminée, le père et la fille regagnèrent le Prieuré dont les pierres prenaient, au soleil de midi, une chaude couleur ocrée.

— Je songeais, ma chérie, lui dit son père, qu'il n'y a jamais eu de comtesse de Lydbrooke aussi ravissante que vous. Pourtant, certaines d'entre elles ont été célèbres pour leur beauté, dans le passé.

— Vous me flattez, papa, mais je ne suis pas comtesse de Lydbrooke et ne suis pas pressée de le devenir ; je suis si heureuse avec vous... Et puis, il nous reste encore tant de choses à faire ensemble.

— Je voudrais, avant de disparaître, répondit fermement sir Robert, vous voir établie selon le désir de votre mère. Seule cette pensée me réconforte.

Sa voix solennelle fit rire Farica.

— Autant dire que vous m'accordez vingt ou trente ans de grâce ! Je n'ai pas encore envie que vous me meniez à l'autel ! Ne soyez donc pas si pressé. Nous avons tout notre temps.

Son père fronça les sourcils et prit une mine autoritaire. Farica comprit qu'il était préférable de ne pas insister et posa une main légère sur la sienne ; elle devait l'apaiser à tout prix :

— Ne nous disputons pas ! Profitons plutôt de cette belle journée...

— Vous avez raison, acquiesça sir Robert. Mais n'oubliez pas que cet après-midi, je dois recevoir mon régisseur qui a demandé à me rencontrer de toute urgence ; j'ai objecté que nous étions dimanche mais il n'a rien voulu entendre : toutes affaires cessantes, a-t-il dit.

— Quelque chose ne va pas ? demanda Farica, soudain alarmée.

— Il s'agit des terres de notre voisin, répondit d'un ton sec sir Robert. Je vous en dirai plus quand nous prendrons le thé. Jusque-là, reposez-vous ou allez vous promener.

Vers trois heures, sans avoir pris la peine ou le temps de se changer, Farica s'évada du Prieuré paternel. Comme elle en avait donné l'ordre, Pégase l'attendait tout harnaché devant son box.

Elle sauta en selle et partit comme une flèche en direction des bois. Comme elle avait l'habitude de sortir quotidiennement, les palefreniers ne s'étonnèrent pas de la voir filer ; ils la regardèrent s'éloigner avec le sourire, admirant la perfection de sa tenue et son élégance naturelle.

Elle galopa à travers prés puis mit sa monture au trot dans les étroits chemins qui conduisaient à la clairière.

Ivan s'y trouvait déjà. Il l'aida à descendre et Farica eut l'impression qu'il la soutenait un peu plus longtemps que nécessaire avant de la déposer à terre, devant lui, les joues tout échauffées par la course.

— Comment va la déesse que m'envoie l'Olympe ? demanda Ivan en riant. Monterait-elle à cheval, comme le commun des mortels ? Je ne puis le croire. A moins que sa monture ne soit divine, elle aussi ?

— Avec Pégase, je vole ! s'exclama Farica, heureuse. Je vous interdis d'en douter ! Et je ne veux pas vous entendre vous en moquer !

— Il suffit de vous regarder pour savoir que vous dites vrai !

Ils se mirent à rire joyeusement. Farica s'assit dans l'herbe.

Ivan s'installa à côté d'elle, le dos appuyé contre un arbre.

— J'ai réfléchi. Je sais ce que nous allons faire, annonça Farica.

Il eut un sursaut et la regarda, soudain sérieux.

— Il n'est pas question de « nous », fit-il d'un ton tranchant. Je ne veux pas que vous risquiez votre vie. Farica, laissez-moi me battre seul. Ce sont mes affaires et vous ne devez pas vous en mêler.

— C'est aussi mon combat ! lança-t-elle sans oser le regarder. (Ivan n'avait rien à redire. Ils se turent un instant, puis elle reprit :) N'y aurait-il pas, à Lyde, un domestique en qui l'on puisse avoir toute confiance ? Qui vous aurait servi autrefois, et vous serait dévoué corps et âme ? Il nous tiendrait informé des faits et gestes de votre cousin, des habitudes de la maison, des allées et venues à Londres, que sais-je ?

— Un espion dans la place ! dit Ivan tout bas. Et pour notre profit... Laissez-moi réfléchir.

— Il nous serait d'une aide précieuse...

— Je crois que je connais notre homme. Je pourrais jurer de sa loyauté, mais est-il toujours au château ? Voilà ce que j'ignore. C'est la première chose à découvrir.

— Quel est son nom ?

— C'est mon valet de chambre, Hagman. Il entra à mon service au départ de ma gouvernante. Je voulais le prendre comme ordonnance quand je me suis engagé ; malheureusement, il était d'une taille inférieure à celle requise dans la cavalerie. J'en ai été très malheureux, et pour lui, et pour moi, croyez-le.

— Comment m'avez-vous dit qu'il s'appelait ?

— Hagman. Il a dans les trente-cinq ans.

— Je vais essayer de le retrouver.

— Surtout pas ! s'écria Ivan. Je vous l'interdis. L'entreprise est risquée et je ne veux pas...

— Rassurez-vous, je ne prendrai aucun risque, mais il faut absolument que nous en sachions davantage. Je parierais que votre cousin s'est confié à quelqu'un, à plusieurs personnes peut-être. En premier lieu, il y a l'homme qui a essayé de vous assassiner en France. Il avait, qui sait, un acolyte pour faire le voyage avec lui. Papa dit toujours que les malfrats sont obligés de travailler en bande pour se donner du courage, car seuls, ce sont des lâches.

— C'est bien possible, observa Ivan. Mais j'ai peur pour vous. Je ne veux pas vous voir risquer pour moi un seul cheveu de votre tête ravissante. Je serais fou d'inquiétude si vous tentiez quoi que ce soit.

— N'oubliez pas, dit Farica sans vantardise, que s'il y a une personne que votre cousin Fergus ne risque pas de tuer tout de suite, c'est moi !

— Vous avez raison ! admit Ivan. Mais je ne me le pardonnerais jamais s'il arrivait malheur à votre père ou à un être qui vous est cher. Je me sens responsable de la suite des événements.

— Et moi, je ne vous pardonnerais jamais de tolérer qu'on me marie à un imposteur doublé d'un assassin !

Elle s'était exprimée avec violence. Ivan prit sa main entre les siennes.

— Je vous jure que je l'empêcherai de vous épouser, dussé-je le tuer de mes mains. J'en fais le serment.

— Merci, répondit Farica simplement. Je voulais vous l'entendre dire. Ce soi-disant prétendant me terrifie. Je suis heureuse de trouver en vous un allié et un défenseur.

Ils conversèrent encore un moment, jusqu'à ce que Farica annonce qu'il était pour elle l'heure de rentrer.

— Papa m'attend pour prendre le thé et je ne veux pas lui donner de soupçons. Il croit que je monte Pégase, comme d'habitude, et que je passe mes après-midi en promenade, ou à me reposer.

— Je voudrais vous revoir, mais cela devient dangereux. Ne venez plus dans notre clairière, sauf si vous avez une nouvelle importante à me communiquer. Je vous attendrai ici, chaque jour, à la même heure, quoi qu'il arrive. Mais ne faites pas de folies. Prenez soin de vous.

— Votre déesse de l'Olympe va se mettre en quatre, vous pouvez en être sûr. Elle vous surprendra ! déclara Farica avec enthousiasme et le teint animé.

Elle plongea son regard dans les yeux bleus d'Ivan qui la transperçaient, et se douta qu'il eût aimé l'embrasser. Intimidée, elle se retourna vers Pégase et Ivan l'aida à se mettre en selle en silence.

— Prenez bien soin de vous ! répéta-t-il. J'ai honte d'entraîner une nymphe des bois dans une aventure si sordide et si dangereuse.

— Prenez-la comme une croisade, ou comme le combat de la vérité contre le mensonge, ou mieux encore, comme la lutte des bons contre les méchants. Nous vaincrons ! Soyez-en convaincu. Pour ma part, j'y crois dur comme fer !

Ivan fut subjugué par le ton assuré de la jeune fille. Il ne put s'empêcher de lui dire :

— Je ne suis pas le héros que vous croyez ! Je ne suis qu'un homme.

— Je n'éprouve aucun respect pour les hommes qui ne prennent pas leurs responsabilités, rétorqua Farica. Vous ne vous battez pas seulement pour vous, mais pour tous les vieux domestiques qui ont été renvoyés après des années de bons et loyaux services au château, et pour tous les fermiers qui ont été licenciés sans dédommagement. J'allais oublier les Prosper qui ont été chassés de leur ferme et qui ont tout perdu à cause d'un simple caprice de votre cousin.

Ivan la regardait avec stupéfaction :

— Les Prosper ? Je ne peux le croire ! Ils étaient là depuis des générations. Ils faisaient partie du domaine. Je les ai toujours vus...

— Je le sais, mais votre cousin a refusé de les aider alors qu'ils étaient au bord de la faillite. Il les y a même acculés et les a chassés.

— Il dépasse les bornes ! s'exclama Ivan, indigné. J'ai compris ! Je fournirai toutes les preuves qu'il faudra, fût-ce au péril de ma vie, mais je ne laisserai pas commettre de telles injustices chez moi !

Farica lui tendit la main.

— Soyez ici demain après-midi, dit-elle, et je ferai en sorte que Hagman vienne vous y retrouver. Moi, je ne pourrai pas vous rejoindre, je le regrette.

— Pourquoi ?

La question était abrupte, mais Farica se doutait qu'Ivan devinait la réponse :

— Votre cousin vient déjeuner chez mon père, et je me suis engagée à aller, ensuite, me promener avec lui sur ses terres en voiture.

— N'y allez pas ! cria Ivan. J'ai grande envie d'aller trouver votre père pour lui dire mon sentiment. Ne voit-il pas qu'il vous pousse dans les bras d'un bandit ?

— Soyez raisonnable. Il faut dissiper les soupçons que Fergus pourrait déjà nourrir, si nous voulons arriver à le démasquer.

Elle lut de la tristesse dans le regard d'Ivan et s'efforça encore de le réconforter d'un sourire chaleureux.

— Pardonnez-moi, dit-il. Je suis ridicule ! Qu'un individu comme Fergus ait la moindre relation avec une jeune fille aussi pure que vous m'est insupportable. Fergus est le diable en personne. Mais je suis pieds et poings liés, et pour le moment, dans l'impossibilité de vous protéger contre lui. Cette situation me fait enrager.

— Vous me protégerez de loin, l'assura Farica. Nous avons entamé notre croisade et avec l'aide de Dieu nous l'emporterons ! N'en êtes-vous pas convaincu, vous aussi ? N'avez-vous pas confiance en moi ?

Une vibrante émotion perçait dans ses paroles. Ivan lui lança un regard pénétrant. Il prit sa main pour la baiser et un frisson parcourut Farica quand ses lèvres effleurèrent doucement sa peau.

— Partez, Farica, avant que je ne veuille vous garder avec moi ! Pour l'amour du ciel, qu'il ne vous arrive rien !

Après l'avoir gratifié d'un sourire éblouissant, elle tourna bride et rentra par le même chemin que celui qu'elle avait emprunté pour venir.

Poussant Pégase au galop, elle pensait qu'elle avait eu raison de comparer leur bataille à une véritable croisade contre Fergus : cet être fourbe et débauché était le Mal incarné. Il connaîtrait la défaite et devrait payer pour ses méfaits. A l'aube du lendemain matin, Farica se leva, fraîche et reposée, un plan soigneusement élaboré dans sa tête.

Le soleil réchauffait la campagne de ses premiers rayons lorsqu'elle se présenta à une porte dérobée du château. Les hôtes du comte dormaient encore, épuisés par leur nuit blanche. Un valet, passant par là, fut surpris de la voir et s'avança à sa rencontre, un peu hésitant.

— Je voudrais parler à Annie, dit-elle. Soyez gentil, allez la prévenir. Je reste à cheval et vous attends.

Le domestique disparut et Farica fut un long moment avant de le voir réapparaître avec Annie. Celle-ci avait déjà passé son ample tablier blanc parfaitement repassé et empesé, mais sa coiffe à volants s'était dérangée dans la précipitation de sa course.

— Qu'est-ce qui vous amène, miss, de si bonne heure ? Personne n'est encore levé.

— Je ne suis pas ici pour rendre visite au comte, expliqua Farica, mais il se trouve qu'en me lavant les mains, l'autre soir, j'ai oublié une bague sur la table de toilette. L'auriez-vous trouvée, par bonheur ?

— Sûrement pas, miss Farica. Je n'ai rien trouvé de ce genre; les femmes de ménage non plus, que je sache. La dame qui occupait cette chambre est rentrée à Londres, hier soir et elle ne m'a rien dit.

— Hier soir ! s'étonna Farica.

— Oui, il y a eu une dispute, miss Farica, se lamenta Annie tout bas. Deux dames. J'ai cru comprendre que c'était à cause du comte. La dame qui occupait la chambre Charles II a pris la mouche ! (Farica l'écoutait, stupéfaite.) J'ignore pourquoi mais le fait est qu'on m'a demandé de faire ses bagages en toute hâte ! Ensuite elle est partie, accompagnée d'un monsieur, dans une berline à quatre chevaux, pour rentrer plus vite à Londres.

Se souvenant des rubis, Farica crut comprendre la raison de cet incident. Elle saisit l'occasion qui se présentait et demanda à Annie :

— S'il n'y a personne dans la chambre, puis-je monter avec vous vérifier si ma bague y est toujours ? Elle appartenait à ma mère et j'y tiens beaucoup. Je serais navrée de l'avoir perdue.

— Bien sûr. Venez donc avec moi, miss Farica... A cette heure-ci, personne ne vous verra. Ils sont tous au fond de leurs lits en train de ronfler comme des sonneurs. Après la nuit qu'ils ont passée !

Farica descendit de cheval et un garçon d'écurie qui l'avait vue arriver vint se charger de

Pégase. La jeune fille suivit Annie jusqu'à l'étage, tout le long du grand couloir, et passa en silence devant les portes closes.

Enfin, elles pénétrèrent dans la chambre Charles II où le ménage n'avait pas encore été fait. Farica fut quelque peu scandalisée par le désordre qui régnait partout, mais à dire vrai, peu lui importait ; ce qu'elle voulait, c'était avoir une conversation discrète, pour ne pas dire secrète, avec Annie. Elle se dirigea vers la coiffeuse et y glissa furtivement la petite bague en or qu'elle avait gardée cachée dans sa main, et qu'elle avait vraiment héritée de sa mère.

Annie ouvrait les rideaux, le dos tourné.

— Oh ! La voilà ! s'exclama Farica. Elle était sous le porte-savon. Il n'est pas très surprenant qu'on ne l'ait pas remarquée, elle est si fine !

— Comme je suis contente que vous l'ayez retrouvée ! Si un bijou est malencontreusement abandonné dans cette maison, il risque fort de disparaître, croyez-moi.

Farica saisit l'occasion de cette insinuation et jeta un coup d'œil vers la porte pour s'assurer qu'elle était bien fermée.

— Y a-t-il toujours, à Lyde, un domestique du nom de Hagman, ou bien est-il parti, lui aussi ? interrogea Farica d'un ton qu'elle s'efforça de rendre neutre.

— Oh ! non, miss Farica, Hagman est toujours au château ; les changements survenus depuis la mort du comte l'ont, comme nous tous, beaucoup affecté, mais il n'a pas quitté la maison, du moins pas encore.

— N'était-il pas le valet de chambre du vicomte ?

— C'est exact. D'ailleurs, il parle sans cesse de Mr Ivan. Il a été effondré quand on lui a annoncé sa mort et ne s'est pas remis de cette désastreuse nouvelle.

— A propos, Annie, je souhaiterais lui parler. Un officier appartenant au régiment du vicomte a raconté à mon père une anecdote susceptible d'intéresser ce brave homme. Je voudrais lui en faire part.

— Hagman sera content, j'en suis sûre ; tout ce qui a trait au vicomte lui tient profondément à cœur et il y puisera peut-être un peu de réconfort.

— Comment faire pour le dénicher ?

Annie réfléchit un instant :

— Si vous souhaitez le rencontrer maintenant, miss Farica, j'irai le chercher. Ensuite je vous raccompagnerai moi-même. Soyez tranquille, le comte n'en saura rien ! Vous avez ma parole.

— Merci, Annie, je savais que je pouvais avoir confiance en vous.

— Asseyez-vous donc un instant, miss Farica ; je ne serai pas longue.

Elle sortit en prenant soin de refermer sans bruit la porte derrière elle. Farica s'assit et laissa son regard errer sur le désordre qu'avait laissé la dame aux rubis. Jamais sa mère, voire celle du vicomte, n'eussent laissé leur chambre dans un pareil chaos. La coiffeuse était blanche de poudre, et le grand miroir en argent qui la surmontait maculé de traces de rouge à lèvres. Un bouquet de fleurs, un coussin à aiguilles, une boîte d'épingles à cheveux avaient été poussés, pêle-mêle, sur un coin du meuble. Des peignes en écaille édentés, des bouts de coton usagés et une brosse étaient éparpillés sur le sol.

Dégoûtée par ce désordre, Farica alla s'accouder à la fenêtre d'où elle pouvait admirer la vue sur le lac.

Elle comprit brusquement pourquoi cette image idyllique était revenue la première à la mémoire d'Ivan. Des cygnes glissaient majestueusement sur l'eau. Elle reconnut l'endroit où le vicomte allait pêcher la truite. De nouveau, elle songea qu'il fallait qu'il retrouve ses biens, son château, ses terres, et le personnel qui lui avait toujours été fidèle.

Après un petit bruit dans le couloir, la porte s'ouvrit et le valet entra.

Il était mince et presque chauve. Sous ses sourcils épais, brillait un regard vif.

— Je suis Hagman. Miss Farica désire me parler ?

— En effet, Hagman.

Pouvait-elle, comme Ivan en était convaincu, avoir une confiance totale en lui ?

Hagman était désormais au service du nouveau comte. Farica le scrutait, détaillant attentivement son visage. Avant qu'elle n'ait dit un mot, l'homme prit la parole :

— Annie m'a dit que vous souhaitiez m'entretenir de Mr Ivan, miss Farica. Rien de ce qui le touche ne m'est indifférent. Je n'oublierai jamais le jour où l'on m'a annoncé sa disparition. Je ne pouvais y croire. J'étais anéanti. Il aimait tant la vie : je le croyais éternel ! Souvent il me disait : « Allons Hagman, ne faites pas cette tête ! Demain, cela ira mieux ! » (Sa voix se brisa :) Il est mort, miss Farica, et pour nous ici, c'est devenu l'enfer. Je ne sais ce qui me retient au château, sinon son souvenir.

Après ces aveux, Farica ne mit plus en doute la sincérité de Hagman et sa fidélité au vicomte.

— C'est à moi maintenant de vous dire quelque chose, Hagman. Quelque chose qui ne manquera pas de vous bouleverser, mais vous devez le savoir : votre maître est vivant !

Abasourdi par la nouvelle, Hagman regardait Farica comme si elle venait de lui annoncer la fin du monde. Il restait immobile, les bras ballants.

— Peut-être n'ai-je pas bien compris... miss... voulez-vous répéter ?

— Le vicomte n'est pas mort ! Et il a besoin de votre aide. C'est un grand secret que je vous confie là. Inutile de préciser que vous ne devez le rapporter à personne, vous entendez ? Et je vais vous en exposer les raisons.

Hagman adressa à Farica un regard droit et sans ombre.

— Vous pouvez avoir en moi une confiance absolue. Je préférerais me faire couper la langue que de trahir mon maître. Je serai trop heureux de pouvoir le secourir.

— C'est en effet ce qu'il m'a dit, répondit Farica avec un sourire. Soyez cet après-midi, à trois heures, sur les terres de mon père. Au lieu-dit, le bois du Faucon ; vous y trouverez une clairière et...

— Je la connais, miss Farica.

— Vous attendrez. Surtout, ne dites à personne où vous allez. Prétextez que vous vous rendez au village ou ailleurs. Enfin, assurez-vous que vous n'êtes pas suivi.

— Je vous en donne ma parole ! Personne n'en saura rien et je serai à l'heure.

Il parlait d'un ton vibrant et Farica se rendit compte que l'émotion le submergeait. Elle reprit la parole, presque sévère.

— Votre maître est en danger, Hagman, expliqua-t-elle. (Elle devait s'assurer qu'il avait bien compris la gravité de la situation.) En danger de mort : voilà pourquoi le secret est indispensable, ainsi que la prudence. Il vous le confirmera.

— J'ai compris, miss, fit-il en hochant la tête.

Son regard se tourna machinalement vers la porte qui séparait la chambre de celle où dormait le comte Fergus.

— Il empêchera votre maître de reprendre sa place par tous les moyens, dit Farica. N'en doutez pas, et prenez garde à vous.

— J'ai compris, miss ! répéta Hagman d'une voix contenue.

— J'ai bien dit « par tous les moyens » ! insista Farica. La vie de votre maître est entre vos mains. Nous vous faisons confiance. Maintenant, je dois partir.

Hagman lui ouvrit la porte et s'effaça. Dans le couloir, Annie l'attendait pour la raccompagner. Elles ne croisèrent personne sur leur chemin. En bas, Pégase piaffait d'impatience et le garçon d'écurie aida la jeune fille à se mettre en selle.

— Au revoir, Annie ! Encore merci de m'avoir aidée à retrouver cette bague à laquelle je tiens plus que tout. J'aurais été très malheureuse de la perdre.

Elles se dirent au revoir d'un signe de la main.

Farica se hâta de rentrer au Prieuré. En arrivant, elle trouva son père à table, en train de prendre son petit déjeuner. Il n'était pas très matinal et ne pouvait se douter qu'elle fût déjà sortie à cheval, à cette heure de la journée.

— Avez-vous bien dormi, papa ? demanda-t-elle, car elle savait qu'il avait un mauvais sommeil.

— Pas trop mal, répondit sir Robert, mais avec ces maudites insomnies, je suis parfois plusieurs heures sans pouvoir fermer l'œil. Je reste allongé dans le noir et je pense à vous, ma fille... vous me donnez bien du souci... Je pense à nos conversations. Ah ! Si votre mère était encore de ce monde.

— Ne suis-je pas assez grande pour ne plus vous donner de soucis ? répondit Farica en souriant.

— N'oubliez pas que le comte vient déjeuner, reprit son père, sèchement.

— Je ne l'ai pas oublié. Vous m'avez presque forcée à accepter d'aller faire une promenade avec lui, alors que j'aurais préféré passer l'après-midi en votre compagnie.

— Nous irons en promenade, demain, promit sir Robert. Je vous emmènerai à l'ardoisière que je voudrais rouvrir pour créer des emplois supplémentaires sur mon domaine.

— Je vous adore, papa ! s'exclama Farica qui se leva pour aller embrasser son père. Vous êtes d'une générosité extraordinaire, et je déplore d'autant plus la mesquinerie de notre voisin, pour ne pas dire son avarice.

— Parlez-lui ! Et quand vous serez mariés, vous pourrez l'influencer positivement. Je suis sûr qu'il vous écoutera et agira en conséquence.

Farica aurait voulu pouvoir expliquer à son père que le comte n'en ferait jamais qu'à sa tête : il dépenserait toute la fortune de sa femme et nul ne pourrait lui faire entendre raison. Mais elle se garda d'ajouter un mot sur ce sujet, et se contenta de dire d'un ton léger :

— Oh ! je ne demanderai que peu de chose : que l'on reprenne le personnel licencié et que l'on ôte les pièges des bois. Que les choses redeviennent ce qu'elles étaient, en somme.

L'atmosphère au déjeuner fut des plus tendues. Farica était sur le point de répéter au comte ce qu'elle avait dit à son père quelques heures auparavant, lorsqu'il la fit monter dans son phaéton.

Elle songea au prix qu'avait dû coûter un aussi bel attelage et supposa qu'il n'en avait pas encore réglé la facture.

— Enfin seuls ! s'exclama-t-il. Il m'est impossible de vous parler en présence d'une tierce personne, dit le comte comme la voiture s'ébranlait.

— Qu'avez-vous donc à me dire ? S'agit-il d'un secret ? De quelque chose que mon père ne doive pas entendre ? Je vous écoute.

— Laissez-moi d'abord vous dire que vous êtes ravissante, aujourd'hui. Et très séduisante ! Ce qui ne gâte rien. C'est un connaisseur qui vous parle.

Farica s'attendait à une déclaration de ce genre mais ne put s'empêcher de la trouver d'une affligeante banalité.

— Parlons plutôt de votre domaine ! dit-elle.

— C'est bien simple : pour le faire tourner, j'ai besoin d'argent. Lyde est un véritable gouffre, pour ne pas dire pire. Et l'on voudrait que j'entretienne les fermes, que j'emploie des gens, que j'augmente les gages du personnel ! Et quoi encore ? Avec la meilleure volonté du monde, je n'y arriverai pas. Il faut que l'on m'en donne les moyens, conclut le comte d'un ton sec.

— Je pensais que vous les aviez, rétorqua Farica malicieusement. Le dîner que vous avez donné l'autre soir n'a-t-il pas coûté très cher ? Trop cher, peut-être ?

— Devrais-je abandonner, selon vous, les rares plaisirs qui me restent ? Certains de mes amis, que vous avez vus chez moi, ont su se montrer très généreux et très compréhensifs à mon égard, quand j'étais sans argent. Je me fais un devoir de les remercier, et je juge que c'est la moindre des choses.

Farica se mordit les lèvres pour ne pas évoquer la dame aux rubis et son départ précipité en pleine nuit, après une dispute.

Leur attelage avait emprunté un mauvais chemin, défoncé, plein d'ornières, impraticable par temps de pluie, et qui menait à la ferme des Lydbrooke, comme on l'appelait.

Depuis des générations, cette exploitation fournissait au château le lait, la crème, le beurre et les œufs, l'agneau au printemps et le meilleur rôti de bœuf de la région.

Farica fut très surprise lorsque la bâtisse leur apparut.

Le toit avait besoin d'être réparé. Les petits carreaux des fenêtres étaient sombres et auraient eu grand besoin d'un bon nettoyage. Tout était à l'abandon et l'on aurait pu croire que nul n'habitait plus dans les lieux, tant l'état de délabrement était grand.

Le comte arrêta son attelage devant le bâtiment principal, construit dans le plus pur style élisabéthain, mais presque en ruine.

Au lieu de Bradshaw, le fermier qu'elle avait toujours connu, Farica, à son étonnement, vit apparaître un individu brun et chétif qui n'avait rien d'un employé agricole.

— Comment ça va, Riggs, tu veux me parler ?

— Oui, monsieur le comte, mais je préfère que ce soit à l'intérieur, répondit l'individu sur un ton agressif et avec un accent qui n'était pas de la région.

— Tu ne crois quand même pas que je vais prendre la peine de descendre de voiture pour toi ! fit le comte sur un ton mordant. Je suis en promenade avec miss Chalfont et il n'est pas question pour moi de m'attarder ici.

— Tant pis pour vous ! Parce que j'ai une sacrée nouvelle pour vous ! lança Riggs avec arrogance.

— Approche-toi, ordonna le comte. Ne t'avise surtout pas de me réclamer de l'argent car tu ne tireras pas un sou de moi !

— Ce que j'ai découvert vaut son pesant d'or, et vous allez me payer une petite fortune, je vous en fiche mon billet ! grinça le sinistre individu avec un mauvais sourire.

— Qu'attends-tu pour tout me dire ! répondit le comte qui commençait à s'impatienter.

Riggs contourna la voiture pour murmurer quelques mots à l'oreille du comte qui n'avait pas lâché les guides.

Farica, qui avait l'ouïe fine, se trouva dans une situation plutôt embarrassante, car elle ne voulait pas paraître indiscrète. Mais elle ne put s'empêcher d'entendre Riggs déclarer tout bas, d'une voix où perçait un accent de triomphe.

— Il est dans le coin !

— Mon prix sera le tien, trouve-le ! commanda le comte après un bref moment d'hésitation.

5

Ils reprirent leur promenade.

Afin de ne pas éveiller les soupçons du comte, Farica décida d'adopter un ton anodin :

— N'était-ce pas les Bradshaw qui habitaient la ferme ?

— En effet, répondit Fergus la mine renfrognée. Ils ne valaient plus rien. Avec eux, tout s'en allait à vau-l'eau. Aussi les ai-je remplacés par une personne de confiance qui me donne toute satisfaction.

— Votre domaine est splendide ! dit-elle.

— C'est un compliment de votre part ! Vous m'en voyez très flatté ! J'aimerais en entendre plus souvent, venant de vous, chère Farica.

Les difficultés du comte à maîtriser les chevaux ne l'empêchaient pas de lancer, de temps en temps, des regards de biais à Farica. En pure perte. La jeune femme ignorait délibérément son compagnon. Seul semblait l'intéresser le paysage, les champs, les bois, les constructions. Au bout d'un moment, Fergus n'y tint plus :

— Cessons de tourner autour du pot, Farica ! Abordons franchement le sujet, voulez-vous ? La comédie a assez duré.

— Que voulez-vous dire ? répondit-elle, feignant la surprise avec art.

— Je veux vous épouser, et vous le savez pertinemment. Il est absurde de faire traîner nos fiançailles en longueur. C'est du temps perdu.

Un moment, Farica fixa l'horizon. Elle paraissait réfléchir :

— Pourquoi vous montrer si impatient ? N'êtes-vous pas d'avis qu'il est préférable de se comprendre et de s'entendre avant de se marier ?

— Pour ma part, je vous connais suffisamment et je sais à quoi m'en tenir, dit le comte grossièrement. Vous avez, à mes yeux, toutes les qualités requises pour devenir mon épouse. (Farica demeurait silencieuse.) A Lyde, mais à Londres aussi, à Berkeley Square, votre sens de la décoration embellira notre maison. Quant au domaine, je vous laisserai carte blanche pour l'administrer à votre guise. Car n'est-ce pas cette propriété qui vous tient à cœur, par-dessus tout ? Je vous ai percée à jour, Farica. N'ai-je pas raison ?

Farica sut alors quelles étaient ses intentions : lui abandonner les rênes de Lyde, tandis qu'il irait à Londres se distraire et faire la noce en toute liberté, et sans s'embarrasser de sa présence importune.

— Tous ces projets sont bien séduisants ! répondit-elle, évasive. Toutefois, je ne suis pas très pressée de me marier. En outre, je n'ai pas encore été présentée à la cour. Vous ne l'ignorez pas.

— Mon Dieu ! Est-ce si important pour vous ! Je croyais que vous vous moquiez des cérémonies londoniennes.

— C'était le souhait de ma mère, répondit Farica d'un ton ferme. J'ai certains devoirs à remplir pour me conformer à ses désirs, avant de fonder un foyer, avec les responsabilités que cela comporte. Ne comptez pas que je cherche à les esquiver ou à les négliger. Je sais ce que j'ai à faire et je le ferai.

Le comte prit un air gêné, comme s'il avait commis un impair. Ils continuèrent leur route en silence. Après quelques instants, il reprit la parole, d'une voix presque caressante cette fois :

— Marions-nous au plus vite, Farica, je vous en conjure. Soyez ma femme et je vous placerai plus haut que tout. Vous serez mon idole. J'organiserai pour vous à Londres des dîners, des bals, des soirées, sans compter les réceptions à Buckingham... Tout ce que vous voudrez.

— Vous m'en voyez très touchée, murmura Farica.

— Mais alors, pourquoi ne pas célébrer notre mariage dans quelques jours ! Que gagnerez-vous à attendre ? Que devez-vous faire de si important ?

— Je crains que vous ne m'ayez mal comprise ! s'exclama-t-elle. Je vous en prie, laissez-moi le temps de réfléchir. Je souhaite mettre toutes les chances de mon côté, afin qu'un jour, peut-être, nous soyons un couple assorti et digne. Ne me pressez pas ! Ne me harcelez pas !

A ces mots, la jeune femme remarqua le rictus du comte. Il enrageait, visiblement. Un instant, elle le crut sur le point de sortir de ses gonds, mais il se contint et parvint à dominer son sentiment de frustration.

Farica avait promis à son père d'être de retour pour le thé. Le soleil déclinait lorsqu'ils regagnèrent le Prieuré.

Un valet de pied aida la jeune fille à descendre de voiture. Le comte, quant à lui, resta à sa place, les guides en main, prêt à repartir ; il n'avait pas quitté sa mine renfrognée et ne la regardait pas.

— Ne voulez-vous pas entrer ? demanda-t-elle surprise de son attitude.

— Non, merci, répondit-il. Une affaire importante m'appelle au château. (Il marqua une pause.) Veuillez m'excuser auprès de votre père et demandez-lui s'il accepterait d'être mon hôte demain. J'ai trouvé notre promenade agréable, un véritable enchantement ! Pourquoi ne pas la renouveler demain ?

Refuser eût été une erreur, pensa Farica. Mieux valait que Fergus s'occupe d'elle plutôt que de se lancer sur la piste d'Ivan.

— A quelle heure passerez-vous me prendre ?

— Disons deux heures. Nous ferons un grand tour. Demandez à votre père de nous retrouver au château, vers quatre heures, pour le thé.

— Je n'y manquerai pas. Encore mille fois merci, dit-elle en lui faisant la révérence.

Il s'éloigna.

Elle était si heureuse d'être rentrée chez elle qu'elle monta l'escalier en courant. Elle était loin d'avoir oublié ce qu'elle avait entendu à la ferme et elle n'avait cessé, durant tout le trajet, de chercher le moyen de prévenir Ivan. Tout en espérant ardemment que son père serait occupé avec quelque visite — ce qui lui donnerait une bonne excuse pour se rendre au village —, elle s'en fut le rejoindre.

Malheureusement, elle le trouva plongé dans l'étude de l'ardoisière au sujet de laquelle il lui demanda son avis.

Ils en parlèrent longuement et ne s'arrêtèrent que pour aller s'habiller pour le dîner.

L'occasion était perdue.

Il lui faudrait donc courir cette nuit, furtivement, jusqu'à l'auberge de Abe. S'il était vrai qu'il avait appris la présence d'Ivan dans la région, le dénommé Riggs ne manquerait pas de passer toutes les auberges au peigne fin.

Dix heures sonnaient quand Farica, après avoir souhaité une bonne nuit à son père et renvoyé sa femme de chambre, se faufila sans être vue par une porte de service. Elle s'était habillée à la hâte et aurait aimé prendre Pégase ; mais il était trop tard et les palefreniers se seraient étonnés de l'entendre sortir seule à cette heure indue. Ils pourraient le rapporter, sinon à son père, en tout cas au personnel du Prieuré.

Pour atteindre le village, elle coupa à travers champs. Ainsi, le trajet était d'une lieue à peine. Il lui sembla néanmoins interminable ; elle était obsédée par l'idée qu'Ivan pouvait être en danger. La lune baignait le paysage d'argent. Tout était d'une beauté féerique et n'eût été ses préoccupations, elle eût pris le plus grand plaisir à sa promenade nocturne.

Farica arriva à un embranchement où, d'ordinaire, les diligences de Londres faisaient étape. Tout était silencieux. Les lumières étaient éteintes dans les maisons. Seule brillait celle de la salle de l'auberge. En s'approchant, elle entendit un bruit de conversation.

A l'intérieur, des gens parlaient. Son cœur battait la chamade. Redoutant qu'Ivan n'ait commis l'imprudence de se montrer aux clients de son ami Abe, elle se glissa le long du mur, jusqu'à la cour où le guérisseur gardait ses animaux en convalescence. Alors, avec un bonheur indicible, elle aperçut Ivan, assis sur un banc. Il caressait un petit chat en piteux état.

Comme s'il avait senti la présence de la jeune fille, il tourna les yeux vers elle.

— Farica ! s'exclama-t-il à mi-voix. Qu'est-ce qui vous amène à pareille heure ?

— J'ai une nouvelle importante pour vous !

Il se leva et, après s'être assuré que personne ne l'avait suivie, lui prit le bras et l'entraîna presque en courant dans le pré où il gardait son cheval.

— Vous êtes venue seule jusqu'ici ? demanda-t-il.

— Comment pouvais-je faire autrement ? Si j'avais pris Pégase, tout le monde m'aurait vue. C'était impossible.

— Que se passe-t-il ?

Farica lui raconta l'épisode survenu pendant sa promenade avec Fergus, dans l'après-midi.

— Qui est ce Riggs ?

— Je l'ignore, répondit Farica. Je ne l'avais jamais vu. Je sais seulement que les Bradshaw ont été mis à la porte de la ferme et remplacés par ce sinistre individu. Il ne m'inspire rien qui vaille et il se pourrait bien que ce soit celui qui a cherché à vous assassiner à deux reprises. Il me semble qu'il n'hésite pas à faire du chantage à votre cousin de la manière la plus arrogante pour lui soutirer de l'argent. Et on dirait qu'il le tient sous sa coupe.

— Désormais, plus rien ne me surprend ! déclara Ivan. Et je suis prêt à tout entendre.

— Vous n'avez pas l'air de comprendre que vous courez un danger réel, insista Farica. D'ailleurs, il est hors de question pour vous de rester ici un jour de plus. Les hommes du comte vont vous traquer dans toutes les auberges, dans toutes les maisons, et, tôt ou tard, ils se présenteront chez Abe. Que ferez-vous alors ?

— Vous avez raison, acquiesça Ivan en soupirant. Aussi vais-je demander à Hagman de me trouver un lieu sûr où je pourrai me cacher.

— Où est Hagman ?

— Il était ici, ce soir, expliqua Ivan. Je l'ai envoyé prendre un verre avec Abe. J'étais très ému de le revoir, cet après-midi, dans notre petite clairière. Vous avez été très habile pour le trouver si vite.

— Sont-ils seuls tous les deux, dans l'auberge ?

— Non, deux hommes du village se sont joints à eux.

— Ils risquent de vous reconnaître !

— Même s'ils ignorent qui je suis, ils seront les premiers à me dénoncer ! Vous connaissez les villageois.

— Je vais vous conduire à une cachette où vous serez en sûreté, décida Farica.

— Je vous l'interdis ! Vous en avez assez fait. Je vais attendre Hagman ici.

— Je me moque de vos interdictions ! C'est moi, désormais, qui dirige cette affaire ! dit Farica avec un sourire. Il nous faut attirer l'attention de Hagman pour le prévenir. Je ne peux m'attarder.

— Il va arriver d'un moment à l'autre.

Ce disant, Ivan se retourna brusquement, comme absent, et, d'un pas résolu, traversa la cour. Farica avait eu l'impression qu'il voulait lui révéler quelque chose d'essentiel.

Elle lui emboîta le pas, bien décidée à connaître son secret. C'est alors que Hagman sortit de l'auberge.

Ivan lui fit signe d'approcher.

— Y a-t-il encore quelqu'un avec vous ? demanda-t-il.

— Juste un vieil homme presque aveugle.

— Tant pis ! Trouvez un prétexte et dites à Abe de venir nous rejoindre dehors.

Le valet ouvrit la porte de l'auberge et appela :

— Abe, viens, vite ! On te réclame, là, dehors.

— Je te laisse, Bill, tu sais comment sortir ? demanda l'aubergiste au dernier de ses habitués.

— Ce serait bien malheureux, après soixante ans ! répondit ce dernier avec un humour sympathique.

Abe sortit, ferma la porte derrière lui et se dirigea vers Ivan, comme s'il avait deviné que c'était lui qui le réclamait :

— Quelque chose ne va pas ?

— Je dois m'en aller sur-le-champ, expliqua Ivan. Je serai de retour sous peu.

— Vous n'allez tout de même pas partir comme ça, à la nuit noire ? Voyons ! Il doit y avoir une solution.

— Il le faut ! Je tiens cependant à vous donner une étrenne, bien peu de chose, il est vrai, au regard du trésor de gentillesse que vous avez déployé pour moi, mon ami. Mais je ne puis faire plus.

Abe eut un petit rire de satisfaction mais refusa le cadeau. Ivan dut insister pour lui glisser une pièce dans la main.

— Que Dieu vous garde ! Vous serez toujours le bienvenu, chez moi. Revenez quand vous voulez. Ma porte vous restera toujours ouverte.

Ivan le remercia chaleureusement, puis, lorsque le vieil homme eut refermé la porte de son auberge, il s'adressa à Hagman à mi-voix.

— Allez chercher mes affaires et rejoignez-moi à la clairière.

Farica et Ivan retournèrent au pré où paissait tranquillement le cheval.

— Comment s'appelle-t-il ? demanda la jeune fille.

— Waterloo, bien sûr ! dit Ivan qui était en train de le brider. (Ils pouffèrent sans bruit.) C'est un nom prédestiné qui peut me porter chance. A moins que ce ne soit l'inverse, l'avenir nous le dira. Venez !

Ils délièrent Waterloo. D'un geste vif, Ivan souleva Farica et la mit en selle. Elle ne s'y attendait pas mais en fut secrètement ravie. Après qu'il eut, à son tour, enfourché Waterloo derrière elle, ils chevauchèrent en silence au clair de lune jusqu'à l'allée qui menait au Prieuré.

— Comment avez-vous deviné que nous allions à la maison ? interrogea Farica.

— J'étais sûr que vous ne m'emmèneriez pas chez moi ! Dans mon propre château ! C'est trop risqué. Et vous avez dû penser à tout, j'imagine.

Sa voix était néanmoins empreinte de nostalgie et Farica se retourna vers lui. Le bras d'Ivan la maintenait doucement, leurs visages tout proches se frôlaient dans le noir. Quand elle était petite fille, son père, parfois, la prenait ainsi, devant lui, sur l'un de ses grands étalons.

Ce soir, le corps d'Ivan contre le sien, elle découvrait une sensation d'une intimité insoupçonnée. C'était une impression étrange, faite de douceur et du sentiment rassurant de se sentir protégée. Un bonheur indicible l'envahit. Elle faillit parler, rompre le charme, mais se ravisa : ils n'avaient pas besoin de mots pour exprimer la tendresse qui les unissait. Son cœur battait ; elle inclina doucement la tête sur l'épaule de son compagnon.

Ils étaient arrivés au bois du Faucon. Une chouette s'envola en hululant, des animaux nocturnes détalèrent sous les sabots du cheval à leur approche. Le clair de lune nimbait la clairière d'une lumière mystérieuse. Farica eut le temps de contempler le cadre de leur première rencontre.

Lâchant les rênes sur le cou de sa monture, Ivan enlaça la jeune fille qui le regardait tendrement et posa ses lèvres sur les siennes. Elle lui abandonna sa bouche car elle avait attendu cette minute depuis le premier instant. Un frisson la parcourut.

Avec passion, Ivan goûtait la douceur sensuelle des lèvres de Farica.

Ils s'embrassèrent longuement au clair de lune ; la magie de la nuit leur était destinée, tel un don du ciel ; ils n'en doutaient ni l'un ni l'autre. C'était le premier baiser pour Farica, et les sensations qu'il lui procurait dépassaient ses rêves les plus fous. Enfin, elle était à l'abri dans les bras de l'homme qu'elle aimait ; elle se sentait légère, si légère, qu'il lui semblait voler sur un nuage.

Ils n'étaient plus sur terre mais au paradis, et elle aurait voulu que ce moment dure pour l'éternité.

— Je vous aime ! Et pourtant, je m'étais juré de ne pas vous embrasser tant que je serais en danger, souffla Ivan contre sa joue.

Je vous aime !

Farica l'écoutait avec ravissement et le regardait avec adoration.

De nouveau, il l'embrassa et elle sentit son cœur battre contre le sien dans une communion parfaite.

Lorsque Ivan sauta à terre et enlaça Farica pour l'aider à descendre de sa monture, elle se blottit aussitôt contre lui et il reprit avidement ses lèvres.

Malgré elle, Farica eut un geste de protestation. Avec délicatesse, il s'écarta et entoura ses épaules de son bras.

— Pardonnez-moi, dit-il. Quand je suis près de vous, je perds la tête.

Mais, déjà, elle ne pensait plus qu'à ses baisers, ses merveilleux baisers qui mettaient le monde à ses pieds et l'enchaînaient à lui pour la vie.

— Je vous aime ! murmura-t-elle.

— Moi aussi, je vous aime !

Ivan avait prononcé ces mots avec le même accent de sincérité que s'il avait été au pied de l'autel. Leurs yeux rayonnaient d'un amour ineffable.

Ils entendirent Hagman approcher. Sur son épaule, le valet portait un ballot qui contenait les seuls biens terrestres d'Ivan.

— C'est une chance que vous soyez allé à l'auberge, ce soir, dit Farica à Hagman. Sinon vous n'auriez rien su du départ de votre maître.

— Où allons-nous ? s'inquiéta Ivan.

— Je vous montrerai le chemin. Mieux vaut s'y rendre à pied. Je connais bien ces bois et ces sentiers. J'irais les yeux fermés.

— Prenez Waterloo, dit Ivan. Je marcherai à côté de vous.

Il la remit en selle et lui passa les rênes. Ils traversèrent un bois de sapins qui jouxtait le jardin du Prieuré. Là, Farica mit pied à terre et s'engagea, suivie d'Ivan qui tenait Waterloo par la bride et de Hagman, dans un chemin qu'on devinait à peine tant les herbes étaient hautes.

Ils atteignirent bientôt un massif touffu de rhododendrons au centre duquel se dissimulait une chaumière miniature, avec un toit de chaume et des volets bleus. On eût dit une maison de poupée et Ivan se crut transporté au pays des fées.

Farica ouvrit délicatement la porte avec une clef qu'elle avait apportée avec elle, et entra, suivie d'Ivan qui dut se pencher pour ne pas heurter sa tête au chambranle.

Elle chercha ensuite une boîte d'allumettes et alluma une lanterne au centre de la pièce, puis ouvrit les volets. Le regard surpris d'Ivan la fit éclater de rire.

— C'était ma maison, expliqua-t-elle. Elle était tout juste assez grande pour moi quand papa me l'a offerte pour mes dix ans.

— C'est extravagant ! s'exclama Ivan. Je n'ai jamais rien vu de pareil. Où sommes-nous ?

— Je l'adorais, continua Farica en souriant. Evidemment, vous faites, ici, l'effet d'un géant ! Mais personne ne s'avisera de venir vous y chercher et, au moins, vous aurez un toit sur votre tête et dormirez dans un lit, même s'il n'est pas très grand.

La maison comportait deux minuscules pièces. Le salon, agrémenté d'une cheminée lilliputienne, était orné d'un tapis ; de minuscules fauteuils faisaient face à un canapé dans lequel un adulte pouvait à peine tenir assis, une petite table ronde était entourée de jolies chaises recouvertes de velours. Quelques tableaux, illustrant des contes de fées, décoraient les murs. Dans la petite chambre contiguë, se trouvaient le petit lit de Farica, une coiffeuse et ses jouets.

— Vous seule pouviez avoir une telle maison ! Quand je vous ai rencontrée, j'avais soupçonné que vous étiez de l'espèce des bonnes fées. A présent, je n'ai plus aucun doute. Vous êtes merveilleuse.

— Les bonnes fées n'apparaissent qu'à ceux qui croient en elles, savez-vous ? Soyez tranquille. Personne ne viendra vous chercher dans ma maison de poupée.

Elle parlait doucement, mais sa voix tremblait comme si elle avait peur. Ivan s'approcha d'elle pour la prendre dans ses bras quand il se souvint que Hagman attendait dehors.

— Waterloo aussi a son abri, dit Farica. On avait construit une petite écurie qui servait à mon poney, car j'aimais m'en occuper moi-même quand je venais ici avec ma gouvernante.

Ils sortirent et elle montra à Ivan un box, pas très grand mais garni de paille avec une mangeoire et un seau d'eau.

Ils ôtèrent la selle et la bride et firent entrer le cheval qui s'ébroua d'aise.

— Qu'en pensez-vous, Hagman ?

— Si je n'avais pas mes deux yeux pour voir ça, répondit le valet, je croirais avoir pris un verre de trop, ce soir, à l'auberge, avec le vieux Abe !

— Maintenant que vous savez où me trouver, dit Ivan en riant, je vais disparaître jusqu'à nouvel ordre.

— Monsieur le comte n'a pas de souci à se faire, je serai tout ouïe ; et je viendrai vous voir dès que je pourrai m'échapper, de jour ou de nuit.

— Merci Hagman, dit Ivan. Tâchez de ne pas oublier de m'apporter les nouvelles, afin que je ne me sente pas tout à fait coupé du monde des grands...

— Vous pouvez compter sur moi ! Et maintenant, bonne nuit. (Il se tourna vers Farica et ajouta :) Bonne nuit, miss Farica. Grâce à vous, mon maître est en sécurité ici, plus que n'importe où ailleurs. Nous vous devons une fière chandelle.

— Je crois qu'il sera bien, répondit Farica.

Le voyant s'éloigner, tous deux se dirent que Hagman avait un long chemin à parcourir avant d'arriver au château. Puis, craignant qu'on ne puisse apercevoir de la lumière à travers les arbres, Farica décida de fermer les volets.

Pour ne pas l'embarrasser en restant seul avec elle dans la maison, Ivan sortit sur le pas de la porte. Les rhododendrons avaient si bien poussé que la maison était littéralement enfouie sous les fleurs et les feuilles. La cachette était parfaite.

— Vous voilà à l'abri, dit Farica qui cherchait à se rassurer et ne voulait à aucun prix montrer l'inquiétude qui la tenaillait.

— Quel endroit charmant ! Je ne suis pas étonné de savoir qu'il vous appartient. Il est à votre image, Farica. Votre père n'a commis aucune faute en l'aménageant ainsi.

— Pour que personne ne me voie, je viendrai demain matin à l'aube vous apporter de quoi vous restaurer. Oh ! j'allais oublier... Il y a un puits à côté de l'écurie. Il est alimenté en eau potable. Je vais vous y conduire. Tout a été prévu, ici, vous voyez.

— Que demander de plus ? dit Ivan.

C'était une plaisanterie, mais Farica savait qu'Ivan ressentait quelque amertume : ce n'était pas dans une maison de poupée qu'il devait vivre, mais dans le château de ses ancêtres, comme c'était légitime.

— Et maintenant, je dois rentrer, dit Farica tristement.

— Je voudrais tant pouvoir vous garder près de moi, répondit Ivan, mais j'ai peur pour vous... surtout des commérages. Si jamais on vous apercevait.

— Je me moque des commérages !

— Vous êtes si merveilleuse que je ne supporterais pas que l'on médise de vous. Vous êtes mon ange gardien ! Ah ! je devrais me prosterner devant vous pour vous remercier. Que serais-je devenu si je ne vous avais rencontrée ? (Il la prit dans ses bras et caressa son visage en la regardant longuement.) Vous êtes si belle ! Bientôt, je consacrerai ma vie à vous protéger et à vous aimer, je vous en fais le serment.

Cette déclaration émut Farica aux larmes.

Elle s'abandonna à la douceur de son étreinte. Puis, s'écartant doucement de lui et le regardant droit dans les yeux, elle murmura :

— Nous vaincrons, cela ne fait aucun doute. Mais soyez prudent, je vous en conjure, car les forces du mal se sont liguées contre vous. J'ai eu le temps de m'en convaincre ; soyez prudent !

L'expression d'Ivan lui fit comprendre qu'il se maudissait d'avoir à se cacher au lieu de courir affronter son ennemi au grand jour.

Pour lui donner du courage, elle mit ses bras autour de son cou et approcha son visage tout près du sien :

— Je vous aime, murmura-t-elle. Ayez confiance en nous. Notre amour est invincible ! C'est nous qui avons raison et c'est nous qui emporterons la victoire.

Ivan la serra à l'étouffer.

Il l'embrassa avec une folle passion, toute l'ardeur d'un amour trop longtemps contenu passa dans son étreinte, un amour incandescent semblait avoir embrasé tout son être. En un éclair, frissonnante, elle sut que la force des sentiments qu'il avait gardés en lui, cadenassés, contraints, était intacte. Seulement, maintenant il leur donnait libre cours. Elle sentit le monde basculer et crut traverser les miroirs, dériver sur un océan de rêves.

Elle aurait voulu lui crier son amour mais, pâmée, défaillante, elle sentait les mots se bousculer sur ses lèvres.

La bouche d'Ivan avait allumé en elle un feu qui n'était pas près de s'éteindre et son cœur battait follement. Dans un souffle, il parvint à lui dire :

— Pardonnez-moi, mon amour, de vous retenir. Vous êtes une jeune fille ; j'espère ne pas vous avoir choquée ou contrariée. Je ne le voudrais à aucun prix.

— Non, répondit Farica, mais j'ignorais que l'amour fût aussi bouleversant.

Il lui adressa un sourire éclatant.

— Qu'attendiez-vous d'autre ? demanda-t-il.

— Ce à quoi rêvent les jeunes filles ! Des violons qui soupirent... le clair de lune... une douceur... Que sais-je ? Un songe...

— Et maintenant ?

— Je suis comme... soulevée par une vague immense !

— Vous m'aimez comme je vous aime ! Mon trésor ! Ma chérie ! A nous deux, nous soulèverons des montagnes ! (Il la serra encore plus fort contre lui.) Grâce à vous, je me sens de nouveau un homme. Je me sens renaître. Tout va changer, je le sens.

— Je vous aime...

— Je vous aime, moi aussi — ma femme — jamais rien ne pourra nous séparer. (Il plongea son regard brûlant dans le sien :) Et si je ne retrouvais jamais la place qui me revient de droit en tant que fils de mon père ? En admettant que je ne sois pas tué, que je survive à mon ennemi, accepteriez-vous d'être mon épouse ? Mon épouse adorée ?

— Croyez-vous donc que je vous aime pour votre titre ? dit Farica amèrement. Depuis le premier jour, je vous aime, car je vous admire. (Sa voix redevint douce :) J'ai succombé à votre charme, au premier coup d'œil. Me croyez-vous ?

— Et vous, mon amour : je vous ai regardée, si belle, si insaisissable ! En une seconde, vous m'avez volé mon âme. Le temps s'est arrêté.

— Alors je veux que vous me fassiez encore un serment : jurez-moi que, quoi qu'il arrive, nous resterons unis pour la vie.

— Je vous le jure ! promit Ivan. Et si nous ne pouvons pas vivre au château de Lyde, je construirai un château pour vous, de mes propres mains. Maintenant, vous m'appartenez, Farica, vous êtes ma prisonnière, vous ne pouvez plus vous enfuir.

Il la serra contre lui et l'embrassa, comme mû par le désespoir, et comme s'il avait peur de la perdre.

— Ce soir, nous avons un peu perdu la tête, dit-elle d'une voix câline, mais je suis certaine qu'ensemble nous rétablirons vos droits. Rien ne nous arrêtera. Nous viendrons à bout de tous les obstacles. Et notre entreprise sera couronnée de succès.

Ivan lui baisa les mains.

— Vous êtes incomparable, maintenant retournez vous coucher bien vite, mon amour, avant que je ne vous retienne ici, avec moi. Quand nous serons mariés, avec la grâce de Dieu, les nuits ne nous sépareront plus. Allez, partez !

Farica posa un baiser sur sa joue mais les lèvres d'Ivan cherchèrent de nouveau les siennes, et ils échangèrent un baiser passionné et interminable.

— Je vous désire, Farica, dit-il dans un souffle, et il rentra précipitamment dans la maison.

Elle eut la brusque impression que le monde l'avait abandonnée. Puis elle songea qu'Ivan avait raison et elle se mit en route vers le Prieuré. Dans son exaltation, elle se répétait : « Merci, mon Dieu ! Peu m'importe le reste, je l'aime et il m'aime, lui aussi ! »

6

Dès cinq heures du matin, bien avant que les domestiques ne fussent debout, Farica était réveillée. Elle courait furtivement le long des couloirs, tout en imaginant la stupéfaction de son père s'il l'avait surprise, et de sa mère si elle avait pu la voir ! Elle avait réfléchi ! Ivan avait raison de penser que Fergus était un homme dangereux qui n'hésiterait pas à assassiner sans remords quiconque menacerait ses avantages et se mettrait en travers de sa route. Elle balaya ces sinistres pensées pour se concentrer sur des urgences plus terre à terre : rassembler de la nourriture pour la porter à Ivan qui devait mourir de faim, pensait-elle.

La cuisine sentait bon les bonnes choses. Farica prit un panier et se servit dans le garde-manger un peu de jambon et de terrine que le chef avait préparés d'après une délicieuse recette familiale. Elle ajouta quelques tranches de langue de bœuf et du saumon, servis la veille, qui rappelleraient à Ivan de bons souvenirs.

Dans un second panier, elle entassa des œufs, du beurre et du lait de Jersey, du miel procuré par les ruches du jardin paternel. Puis elle couvrit le tout avec la moitié d'un bon pain de campagne, cuit le jour précédent et dont elle savourerait le reste avec son père au petit déjeuner. Elle termina par un petit paquet de café moulu de frais.

Elle posa les deux paniers qui pesaient lourd sur le seuil et s'apprêta à les porter jusqu'à la maison de poupée. Les anses lui sciaient les mains. Elle pensait déposer son double fardeau devant la porte quand Ivan apparut à la fenêtre.

— Pourquoi venez-vous si tôt et si chargée ? s'écria-t-il.

— Vous devez mourir de faim ! lui répondit Farica avec un beau sourire.

Il était en culotte de cheval, une cravate était nouée sous son col de chemise. Ses vêtements n'étaient pas de bonne qualité mais son air viril et sa distinction naturelle séduisirent Farica au point qu'elle sentit, pleine d'embarras, le rouge monter à ses joues. Heureusement, Ivan ne remarqua rien de son trouble.

Il la déchargea de ses paniers et alla les déposer sur la table où autrefois, Farica recevait des enfants de son âge pour prendre le goûter.

Sa mère, par commodité, avait fait installer un fourneau miniature semblable à celui du Prieuré ; elle y concoctait d'étranges mixtures qu'elle ramenait triomphalement à son père, en prétendant qu'elle avait suivi à la lettre la recette du chef.

Aujourd'hui, ce fourneau permettrait au moins à Ivan de faire frire ses œufs et réchauffer son lait.

— Ce sont là des provisions pour un jour ou un mois, selon vous ? fit-il, ébahi et heureux.

— Vous pouvez vous payer le luxe de prendre un peu de poids, répondit Farica en se moquant gentiment de lui.

— Les religieuses se sont très bien occupées de moi, mais leurs menus étaient des plus simples. La frugalité était de règle dans leur communauté.

— Si vous en aviez eu le choix, vous auriez peut-être préféré d'autres nourritures que celles de l'âme, suggéra Farica avec finesse.

— Ce sont là des nourritures indispensables, déclara Ivan, très sérieux. Mais vous vous êtes donné beaucoup trop de mal, ajouta-t-il d'une voix caressante.

Farica se sentit intimidée comme s'il l'avait embrassée.

— Je ne peux m'attarder : mon escapade matinale doit rester clandestine aux yeux de tous. Je dois vous quitter. Ne me retenez pas.

— Restez avec moi, la supplia Ivan. Vous êtes mon soleil et je dépéris quand vous êtes loin de moi.

Farica lui lança un regard désemparé et se jeta dans ses bras. Il l'embrassa avec une douceur très éloignée de l'exigence impérieuse dont il avait fait preuve la veille.

Ils se sentaient unis à jamais.

— Vous êtes si belle ! Le savez-vous ? demanda Ivan quand il put parler. Votre confiance en moi me donne des ailes et la force de reconquérir le monde ! Vous m'avez redonné le goût de la vie.

— Le monde vous appartiendra lorsque vous serez redevenu le maître de vos terres ! surenchérit Farica, ravie.

Attendri et enthousiaste, Ivan l'attira près de lui pour l'embrasser. Puis il se dégagea comme s'il se faisait violence.

— Partez, mon amour, dit-il. Je vais faire frire les œufs de mon petit déjeuner et vous bénirai à chaque bouchée. Mais partez, si vous ne voulez pas que je vous dévore de baisers.

— Je peux rester pour vous les préparer moi-même, proposa-t-elle, tentatrice, en regardant par la fenêtre le soleil se lever.

— C'est hors de question, trancha Ivan. Si votre père venait à apprendre mon identité, il ne manquerait pas d'aller trouver mon cousin pour éclaircir la situation. Fergus se douterait alors que je me cache sur vos terres et vous risqueriez d'être compromise. La situation nous échapperait et nous serions réduits à l'impuissance. (Il reprit son souffle et ajouta avec autorité :) Cette supposition m'est odieuse. Partez, Farica ! Je vous remercie de tout mon cœur de vous occuper de moi comme vous le faites, mais je dois vous protéger. Quant à ma sauvegarde, Dieu y pourvoira, j'en suis convaincu.

— Je vous aime, répondit Farica, je vous quitte parce que vous me le demandez. Je prierai pour vous, moi aussi. (Elle se dirigea vers la porte et s'arrêta :) Vous ai-je dit que je retournais faire une promenade avec votre cousin, cet après-midi ?

— Comment l'aurais-je oublié ! fit Ivan d'une voix mélàncolique. Je ne supporte pas que cet homme vous tourne autour de la sorte ! Etes-vous obligée de l'accompagner ? Ne pouvez-vous trouver un prétexte pour échapper à cette corvée ?

— Je n'y vais que dans le but d'éloigner d'éventuels soupçons ; en attendant que Hagman perce à jour ses machinations et nous fasse savoir dans quelles directions ses hommes de main vous recherchent. (Ivan demeurait silencieux). J'en mourrais s'il vous arrivait quelque chose !

Il s'approcha d'elle mais elle courut à la porte et disparut entre les rhododendrons.

Des larmes de désespoir inondaient son visage. Elle ne supportait plus l'humiliation infligée à Ivan, contraint à se réfugier dans cet abri qui avait été pour elle un jouet, alors que Fergus se pavanait dans un château qui ne lui appartenait pas, dans une position qu'il avait usurpée, prêt à commanditer un meurtre pour conserver une place qui n'était pas la sienne.

Farica marchait vers le Prieuré tout en se répétant : « C'est un monstre ! C'est un monstre ! »

Elle s'introduisit dans sa propre maison par une fenêtre dont la poignée était cassée et monta par l'escalier de service, car les femmes de ménage, balais et chiffons en main, avaient déjà commencé leur journée.

Elle se glissa dans sa chambre, se déshabilla et se coucha. Une fois allongée dans son lit douillet, elle se mit à penser à Ivan, à leur amour, et oublia les soucis qui l'avaient assaillie sur le chemin.

A huit heures, la femme de chambre vint ouvrir les rideaux et Farica fut réveillée par le soleil.

Elle passa sa tenue d'amazone et descendit prendre son petit déjeuner avec son père.

Ensuite, ils sortirent à cheval dans le parc et galopèrent dans les prairies avoisinantes. Son père essayait ce matin-là un de ses magnifiques étalons acheté à un prix exorbitant.

Farica se demandait si elle pourrait avouer la vérité à son père. Accepterait-il qu'Ivan les accompagne dans leur chevauchée ?

Puis elle se rappela ce qu'une telle révélation pourrait avoir de dangereux. Riggs et ses acolytes fouillaient peut-être les auberges des environs, questionnant les villageois et les menaçant pour leur arracher la vérité.

— Que se passe-t-il, ma chérie ? demanda soudain sir Robert. (Ils étaient restés longtemps sans échanger un seul mot ; ce n'était guère dans leurs habitudes.) Votre promenade avec le comte cet après-midi vous préoccupe-t-elle ? Je me réjouis personnellement d'aller vous rejoindre pour le thé, et de visiter les serres que je n'ai pas vues depuis fort longtemps. Les collections d'orchidées de feu le comte étaient incomparables ; certaines espèces que je connais mal doivent être en fleur aujourd'hui.

— Oui, je m'en souviens, moi aussi, et je reconnais qu'elles étaient belles, renchérit Farica, songeuse.

— Tâchez de convaincre Fergus d'embellir encore ces collections, uniques en Angleterre. Cette occupation non seulement l'intéresserait, mais lui procurerait de grandes joies.

Farica dut admettre que son père lui parlait comme si elle était fiancée avec Fergus.

Que penserait-il si elle lui révélait que ce dernier était un usurpateur doublé d'un assassin !

Le comte, ponctuel, passa prendre Farica à deux heures au Prieuré. Elle comprit pourquoi son père était sous le charme ; lors d'une première rencontre, il déployait toute sa séduction et savait remarquablement masquer la perversité de son caractère profond.

— Certains sujets me préoccupent et je voudrais connaître votre avis, dit le comte cherchant à s'attirer les bonnes grâces de sir Robert, avec le ton qui convient lorsqu'on s'adresse à un homme d'âge mûr. Je n'ai pas eu jusqu'à présent l'occasion de me pencher sur les problèmes agricoles, ajouta-t-il, et je vous serais reconnaissant de m'éclairer de vos bons conseils. Mais attention ! Je compte bien vous harceler de mes questions ! Et vous devrez m'empêcher d'abuser de votre temps.

— Je vous dirai tout ce que je sais avec le plus grand plaisir, répondit sir Robert.

L'hypocrisie de ces rapports révoltait Farica. Elle s'était habillée avec élégance, non pas pour plaire à Fergus, mais pour se donner confiance. Elle pressentait un inévitable affrontement au sujet de leur éventuel mariage. Tout en se préparant, elle s'était promis de rester évasive, de prétexter sa timidité et son manque de maturité pour retarder l'échéance.

Ils s'en allèrent et le comte l'étonna. Il ne lui adressa aucun compliment et n'aborda aucun des sujets pénibles qu'elle craignait de voir soulever.

— Votre père est charmant! s'exclama-t-il. Il vous adore. Quelle chance vous avez de si bien vous entendre avec lui ! (Il soupira avant de poursuivre:) Mon père et moi n'avions rien en commun. J'étais encore un enfant quand ma mère est morte: ma jeunesse a été très solitaire.

Le voilà qui cherche à m'émouvoir, songea Farica, imperturbable.

— Je vous plains, fit-elle d'un ton compatissant. Votre oncle aurait sans doute aimé vous accueillir au château de Lyde mais vous préfériez vivre à Londres, n'est-ce pas ?

— Pour un jeune homme qui a de la fortune, Londres est une ville pleine d'attraits.

— Sûrement! acquiesça Farica.

— La vie à la campagne est aussi très chère, ajouta-t-il. A propos, je vous avais demandé hier de venir prendre le thé avec votre père au château, mais comme je partais, les ouvriers sont arrivés. Je n'ai nulle envie de les laisser traîner tout l'après-midi à ne rien faire.

— Des ouvriers ? s'inquiéta Farica.

— Je croyais vous en avoir parlé, dit le comte. Plusieurs vitraux de la chapelle sont brisés et j'ai demandé à des artisans de venir les réparer.

Farica fut surprise par l'intérêt subit du comte pour la chapelle.

Elle la connaissait bien mais le vieux comte ne l'utilisait plus et préférait se rendre à l'église du village où reposaient ses ancêtres. « J'ai besoin de les sentir proches de moi », lui avait-il confié un jour. Elle avait compris son sentiment.

La chapelle était située dans l'aile la plus ancienne du château, celle qui n'avait subi aucune transformation au siècle précédent.

Quel malheur de penser que ces vitraux vieux de plus de quatre siècles sont abîmés, se dit Farica.

— Comment est-ce arrivé ? demanda-t-elle.

— Je l'ignore. Peut-être est-ce le vent, répondit-il. Je suis sûr que vous saurez expliquer à ces hommes comment les restaurer. Vos conseils leur seraient bien utiles. Vous connaissez les lieux, n'est-ce pas ?

— Je pense en être capable en effet bien que je n'y sois pas allée depuis bien des années.

— Allons-y tout de suite. Vous leur donnerez vos directives, ainsi nous pourrons constater leurs progrès à notre retour, dit le comte qui engagea ses chevaux dans l'allée de chênes conduisant au château.

Comme toujours, Farica fut émerveillée par la magnifique façade de la bâtisse. Elle remarqua l'absence du drapeau qui, d'habitude, signalait la présence du maître de maison.

La hampe nue pointait vers le ciel, et elle y vit un heureux présage pour Ivan.

Avec de grands gestes, le comte amena son attelage devant le perron. Son père, et certainement

Ivan, étaient bien plus habiles à mener leur voiture et leurs chevaux.

— Entrons voir ce qu'ils sont en train de faire, suggéra-t-il.

Ils gravirent les marches du perron et pénétrèrent ensemble dans le hall. Pour atteindre la chapelle, ils empruntèrent de longs corridors, garnis de meubles rares. Les murs étaient décorés de panoplies d'armes anciennes ou de tableaux de maître.

Il avait fallu des générations et des générations pour amasser autant de trésors, avait constaté, un jour, sir Robert. Même un homme très riche ne pouvait y parvenir en une vie.

Quand son père lui avait fait cette confidence, Farica avait perçu comme un regret dans sa voix et elle lui avait répondu : « Grâce à votre goût exquis, vous avez su réunir des pièces d'une rare qualité : je vous en suis très reconnaissante, car elles seront toujours pour moi un plaisir des yeux et de l'esprit. » Pour la remercier de cette preuve d'affection, son père avait déposé un baiser sur son front. Mais elle savait qu'il avait raison.

Acheter des œuvres d'art qui appartiendraient à l'histoire était l'apanage de familles non seulement fortunées mais illustres.

En arrivant à la chapelle, Farica fut étonnée de constater qu'aucun restaurateur n'était au travail.

En revanche, l'autel était drapé d'une nappe blanc et or, et deux grands vases de fleurs blanches y avaient été posés. Trois chandeliers étaient allumés de chaque côté d'une croix d'argent ouvragée. Fabriquée sous Jacques Ier, sur les indications d'un ancêtre, elle était toujours restée à la même place.

Farica se retourna pour lancer un regard interrogateur au comte qui la suivait et le vit verrouiller la porte derrière eux.

— Où sont donc les restaurateurs ? demanda-t-elle.

Puis elle s'interrompit, en voyant entrer dans le chœur un prêtre revêtu du surplis blanc.

— Que signifie cette mise en scène ? Dois-je comprendre que vous...

Le comte vint se placer à côté d'elle et prit sa main dans la sienne.

— Vos hésitations m'ont poussé à prendre une décision un peu hâtive, répondit-il. Je vous ai amenée ici pour vous épouser, car je n'ai plus les moyens de supporter vos tergiversations et vos états d'âme.

Incrédule, Farica se reprit rapidement.

— Vous dépassez les bornes ! s'écria-t-elle. Jamais je ne vous épouserai sans la présence de mon père et en cachette !

— Vous n'avez pas le choix, dois-je vous le préciser ?

— Vous vous croyez donc tout permis ! rétorqua Farica. Vous n'avez pas le pouvoir de me forcer à dire oui si je ne veux pas !

— Je saurai vous persuader par d'autres moyens, siffla le comte entre ses dents.

Farica ne put s'empêcher de se sentir alarmée.

— Jamais vous ne me convaincrez de vous épouser ! lança-t-elle d'une voix aiguë.

Elle suffoquait d'indignation mais Ivan eût été fier d'elle s'il avait pu la voir en cet instant.

Le comte sortit de la poche de sa veste un poignard à longue lame, un stylet qu'elle reconnut aussitôt. C'était la réplique de celui qui avait servi à assassiner un innocent à la place d'Ivan, au couvent des religieuses.

— Vous voulez donc me tuer ? s'écria Farica, plus médusée qu'apeurée.

— Vous n'y êtes pas du tout ! Morte à quoi me serviriez-vous ? C'est vivante que je vous veux. Voici les termes de mon marché : ou vous acceptez de vous marier avec moi, ou je vous lacère le visage et je vous défigure ! Vous n'attirerez plus que les regards dégoûtés et horrifiés des hommes ! Mais moi, je vous épouserai néanmoins, et vous m'en saurez gré !

Son ton sinistre était encore plus terrifiant que ses menaces.

Farica poussa un cri et voulut s'échapper mais il la saisit par le bras pour la retenir. Il la traîna, pantelante, au pied de l'autel devant le prêtre, un vieil homme au regard fuyant et à la barbe mal soignée, dont les mains tremblantes tenaient un missel.

La jeune fille comprit que la peur n'était pas la cause de son tremblement. Il était ivre mort et son haleine sentait l'alcool. On l'avait enivré pour le forcer à accomplir sa triste mission, songea-t-elle.

— Imbécile ! Donnez votre bénédiction ! lui ordonna le comte.

— Mes chers... bredouilla le prêtre en feuilletant maladroitement les pages de son livre.

— Venez-en au fait ! le pressait le comte, furieux.

Le malheureux ecclésiastique s'évertuait à tourner les feuillets, mais il ne put ajouter un mot car, dans un grand fracas, la croix d'argent s'effondra et lui heurta la tête au passage. Il s'affaissa sur le sol. Le comte poussa un hurlement de rage tandis que de derrière l'autel surgissait un homme.

D'un coup de poing au menton, il envoya Fergus s'écraser contre un pilier. Le choc fut si violent que le comte perdit connaissance et disparut entre les bancs.

Farica n'eut pas le temps de crier, de bouger, ni même de respirer. Elle se retrouva blottie dans les bras d'Ivan qui l'emporta en courant vers la porte où les attendait un Hagman radieux.

Sans un mot, Ivan longea les couloirs jusqu'à une porte dérobée donnant sur le jardin, à l'arrière du château. Il traversa une pelouse, évita la roseraie et s'enfonça dans le sous-bois.

A quelques pas de là, Waterloo était attaché à un arbre.

— Oh ! Ivan, Ivan... Vous m'avez sauvée... J'ai failli mourir de peur ! soupira Farica, encore tremblante.

— Je m'en doute, chérie. J'ai attendu la dernière minute pour être sûr de ne pas manquer Fergus. Je ne voulais pas risquer de laisser échapper ce gredin. J'ai tout entendu mais j'avais de la peine à en croire mes oreilles.

— En tout cas, je vous félicite pour votre intervention, mon amour ! Sans vous, je ne sais ce que j'aurais fait.

— Ne restons pas ici, dit-il en la soulevant pour l'asseoir devant lui, sur la selle.

Ils chevauchèrent à couvert dans les sous-bois jusqu'à la lisière du parc.

Quand ils atteignirent les prés, Farica dénoua les rubans de son bonnet et l'attacha au pommeau. Elle se laissa aller contre Ivan et poussa un long soupir de bonheur. Sa félicité était immense. Elle aurait chevauché ainsi jusqu'au bout du monde.

— Comment pouvais-je me douter qu'il m'attirait dans un piège ?... Quand il me parlait de la restauration des vitraux de la chapelle... comment aurais-je pu imaginer ses machinations diaboliques ? fit-elle dans un souffle.

— Vous pouvez remercier Hagman. C'est lui qui vous a sauvée, en réalité, ma chérie. Il est venu me voir, ce matin, après votre départ, pour m'avertir de curieux et mystérieux préparatifs au château. (Ivan déposa un baiser sur les cheveux de Farica avant de reprendre :) Fergus avait commandé des bouquets de fleurs blanches pour la chapelle dans laquelle, depuis son héritage, il n'a pas fait célébrer un seul office. Ensuite, cet ecclésiastique est apparu au château, venant d'on ne sait où. Les domestiques ont été stupéfaits, et chacun se posait des questions.

— Hagman connaissait-il ce prêtre ?

— Il l'a trouvé pour le moins bizarre car, dès son arrivée, avant même de prendre son petit déjeuner, il a réclamé un verre d'alcool pour se mettre en train, disait-il.

— Et Hagman est allé aussitôt vous prévenir...

— Ce qu'il m'a raconté m'a fait craindre le pire, expliqua Ivan. J'ai été convaincu, connaissant l'esprit retors de Fergus et sachant qu'il était prêt à tout pour accaparer votre fortune, qu'il fomentait un mauvais coup et qu'il ne fallait pas perdre un instant.

— En arriver à vouloir me défigurer ! Quelle ignominie ! Cette idée ne peut germer que dans l'esprit malfaisant d'un monstre...

— J'avais décidé de passer aux actes et d'en finir avec cette situation absurde, avant même d'arriver à la chapelle et de comprendre de quoi il retournait. Fergus a encore de la chance que je lui aie laissé la vie sauve !

— Qu'allez-vous faire ? demanda Farica, inquiète. Oh ! mon amour, soyez prudent ! Je deviendrais folle s'il vous arrivait malheur !

— Soyez tranquille, il ne m'arrivera rien ! répondit Ivan. Je vais partir pour Londres.

Farica ne s'attendait pas à pareille nouvelle et en fut bouleversée.

— Pour Londres ?

— Ce matin, Hagman m'a apporté le journal, expliqua Ivan. On annonce le retour de Paris du colonel de mon régiment, et de deux officiers qui me connaissaient bien. Tous trois étaient dans l'armée d'occupation. Je vais aller leur rendre visite et leur expliquerai ma situation. Je ne doute pas qu'ils m'apporteront tout leur soutien. C'est d'eux que j'attends mon salut. Ils seront les garants de mon identité.

— Oh ! Ivan, quelle merveilleuse idée ! Je serais totalement rassurée de vous savoir appuyé par vos camarades de régiment. C'est là une occasion à ne pas manquer.

— Un regrettable scandale éclatera probablement, déclara Ivan d'un ton dur, mais il faut aller jusqu'au bout. J'avais déjà envisagé cette solution avant que ce scélérat de Fergus ne vous menace comme il l'a fait. (Farica s'abandonna contre son épaule et il lui baisa le front.) Ce cauchemar sera bientôt terminé, ma chérie, mais il vous reste une chose à faire : vous devez informer votre père de toute cette affaire sans plus tarder.

— Y tenez-vous vraiment ?

— Il est inutile de lui parler de moi, conseilla Ivan. Mais vous pouvez lui faire comprendre que vous ne voulez plus entendre parler de Fergus car c'est un homme dangereux. D'autre part, vous devez exiger une surveillance accrue de votre maison et une protection attentive pour vous-même, si vous sortez. Je préférerais savoir que vous ne risquez rien.

— Quand mon père apprendra la façon dont votre cousin a essayé de me contraindre au mariage, il aura peine à le croire mais il fera en sorte que de semblables épisodes ne se reproduisent pas ! Mais comment vais-je lui expliquer mon sauvetage *in extremis* ?

— Racontez-lui qu'un des valets du château vous a aidée à sortir de la chapelle avant de s'enfuir de crainte de perdre sa place.

— Papa y croira peut-être, mais il n'en trouvera pas moins certains détails troublants. Je serais étonnée de le voir se contenter d'une telle explication.

— Le plus important, dit Ivan, est que vous restiez sous bonne garde durant mon absence. Fergus est hors d'état de nuire pour un jour ou deux. Je crois lui avoir au moins fracturé la mâchoire. En tout cas, il est en piteux état. J'arriverai à Londres demain soir. Ensuite, je serai pris en charge. Du moins, espérons-le !

— Tout ira bien ! prédit Farica. Et grâce à vos directives, je serai en sécurité.

— On n'est jamais sûr de rien ! répondit Ivan, pessimiste.

— Je suis sûre que Dieu nous viendra en aide, dit Farica.

N'était-ce pas Dieu qui avait provoqué leur rencontre, qui les avait protégés à chaque instant, jusqu'à envoyer Hagman prévenir son maître du tour que prenaient les choses au château ?

— Et à Londres, tout se passera bien, j'en suis sûre ! s'écria-t-elle. Mais votre départ me préoccupe ; j'ai peur pour vous ; je vous en prie, ne voyagez pas seul ! Promettez-le-moi.

— J'y ai pensé en effet, mais il me faut emprunter un cheval, car je n'ai pas les moyens d'acheter une seconde monture en ce moment, comme vous le savez.

— Pégase est à vous, dit Farica avec un sourire plein de tendresse. Il sera fier d'être monté par un cavalier tel que vous. Hagman vous suivra sur Waterloo. Maintenant, je vais retourner à la maison prendre de l'argent. Vous en aurez besoin. (Elle vit les lèvres d'Ivan se crisper et, comme il allait protester, elle posa un doigt sur sa bouche.) Après tout ce que nous avons vécu, n'en prenez pas ombrage. Laissez-moi vous aider, ou je serais fâchée, pire encore, offensée !

Ivan la trouva irrésistible et se mit à rire :

— Je ne vais pas faire la fine bouche. Que ferais-je sans vous ? Vous m'avez logé, nourri et vous m'aimez ! Je vous le promets, ma chérie, je vous revaudrai ça ! Vous serez largement payée de vos largesses à mon égard.

— Je suis une usurière avide, se moqua Farica. Je demande cent pour cent d'intérêts, en baisers !

— Votre remboursement prend effet immédiatement ! déclara Ivan en la serrant farouchement contre lui.

Comme s'il avait compris, Waterloo se mit au pas.

Farica tendit ses lèvres à Ivan et ils s'embrassèrent comme s'ils étaient seuls au monde.

Quelques minutes plus tard, ils arrivèrent en bordure du jardin du Prieuré.

— Avant de prévenir papa, dit Farica, je vais aller vous chercher ce dont vous aurez besoin. Je passerai par l'écurie délier Pégase et, en temps utile, j'expliquerai aux palefreniers que je l'ai prêté jusqu'à demain. Ensuite je viendrai vous retrouver.

— Etes-vous sûre que tout se passera comme vous voulez ? demanda Ivan, anxieux.

— Oui. Votre redoutable cousin n'est pas près de passer à l'attaque avant plusieurs heures ! lança-t-elle en riant.

Il la serra de toutes ses forces contre lui, terrifié à l'idée qu'elle pût encore être menacée, en danger ou devant faire face à une situation inattendue.

— Faites vite ! ajouta-t-il. Et ne répondez à aucune question car souvenez-vous : Riggs et ses complices ne doivent pas encore connaître l'épisode de la chapelle.

Il la regarda s'éloigner et la vit disparaître au détour des écuries.

Tout était désert.

Farica songea que les palefreniers avaient dû sortir les chevaux pour leur exercice quotidien. Quant au cocher, il devait se reposer avant de préparer la voiture qui emmènerait son père au château.

Elle sella donc seule Pégase et se glissa furtivement dans la maison. A pas feutrés, elle pénétra dans le bureau du secrétaire de son père qui s'était absenté trois jours, pour régler des affaires à Londres. Elle savait où étaient cachées les clefs du coffre-fort, contenant non seulement les bijoux de sa mère mais aussi l'argent qui servait à payer les gages du personnel. Elle prit cent livres, replaça les clefs dans leur cachette puis retourna aux écuries.

Tout était tranquille ; elle sortit Pégase, suivit un sentier sinueux à travers les jardins, et se dirigea vers la maison de poupée.

Ivan l'attendait et l'embrassa tout en l'aidant à descendre.

— Qui avez-vous rencontré ? interrogea-t-il.

— Personne ! La providence est de notre côté. Voici votre argent ! Mais je vous conseille de ne pas oublier votre dette ! Quant à moi, je ne penserai qu'à ça.

Il la prit dans ses bras, l'embrassa et, sans prendre le temps d'en vérifier le contenu, il glissa dans sa poche la bourse que Farica lui avait apportée. Puis il emmena Pégase dans le box où Waterloo avait déjà passé une nuit.

— Waterloo va se froisser de se voir voler sa place par Pégase, plaisanta Farica. Vous devrez l'attacher à un arbre.

— Il s'inclinera devant un plus beau et un meilleur cheval que lui.

Ivan dessella Pégase puis ils retournèrent sur la terrasse de la petite maison.

— J'aimerais tant pouvoir, mon amour, vous accompagner pour aller chanter vos louanges auprès de votre père. Aucune femme n'aurait fait preuve d'autant de courage dans des circonstances aussi difficiles. Vous êtes merveilleuse.

— Vous m'avez sauvée... Je ne trouve donc pas que la situation soit aussi terrible que vous le dites.

— Votre courage égale votre beauté ! Vous le savez d'ailleurs, vous êtes unique. (Il se mit à l'embrasser, comme s'il ne voulait plus la quitter.) Nous n'avons pas pour autant gagné la bataille. Nos ennemis se tiendront sur leurs gardes, après cette escarmouche.

— Je serai vigilante, affirma Farica. Mais soyez tranquille, quand papa sera informé de ce qui m'est arrivé, je n'aurai plus rien à craindre. Il me protégera.

— Promettez-moi tout de même d'être très prudente. Fergus est acculé, il va sortir ses griffes ! Il ne renoncera pas sans se défendre.

Farica ne voulait pas montrer sa frayeur à Ivan. Elle passa les bras autour de son cou et effleura ses lèvres d'un baiser, puis, sans ajouter un mot, elle prit la direction du Prieuré.

Elle trouva son père dans son bureau, plongé dans les plans de l'ardoisière.

— Farica ! s'exclama-t-il. Pourquoi êtes-vous rentrée si tôt ? Que s'est-il passé ? Je vous croyais en route pour une longue promenade...

— J'ai une mauvaise nouvelle à vous annoncer. (Elle lança sur une chaise son bonnet à brides, s'assit à côté de son père et posa sa main sur la sienne.) Ne vous inquiétez pas, reprit-elle, bien que ce que j'ai à vous dire soit très préoccupant.

— De quoi parlez-vous ? Pourquoi êtes-vous rentrée seule ? demanda sir Robert d'une voix angoissée. Le comte ne vous a-t-il donc pas ramenée ?

Farica accentua la pression de sa main sur la sienne et entreprit de lui raconter les événements en détail.

Elle prétendit qu'elle ne connaissait pas le valet qui avait frappé le comte et l'avait aidée à s'enfuir de la chapelle.

— C'est incroyable ! s'exclama sir Robert stupéfait. Comment le comte a-t-il pu se comporter aussi grossièrement ? Il faut être un monstre pour menacer une jeune fille de la sorte !

— C'est fini, papa. Pour le moment, je suis hors de danger. Mais il pourrait recommencer à la première occasion. Nous devons faire attention.

— Il faudra qu'il me tue pour vous atteindre ! menaça sir Robert d'une voix tonnante.

— Pour conclure cette triste histoire, disons que le comte est fou à lier ! Il est prêt à tout pour obtenir de l'argent, mais je vous en prie, empêchez-le de prendre ma vie et ma fortune !

— Comptez sur moi, ma fille ! dit sir Robert. Je suis consterné que vous ayez eu à subir une telle épreuve. Qui aurait pu prévoir cela ? Si je me retrouve en face de ce scélérat, je ne lui mâcherai pas mes mots !

— Non ! Il est inutile de lui parler ! Montrons-nous plus raisonnables que lui et traitons-le par le mépris et le silence. Je parierais qu'il ne pointera pas de sitôt le bout de son nez dans les parages. (Elle se souvint à temps de l'avertissement d'Ivan et ajouta :) A moins que sa rapacité ne soit la plus forte et qu'il ne concocte un nouveau plan.

— Qu'il n'essaie pas de vous enlever une seconde fois ! (Sir Robert se leva et se mit à arpenter son bureau pour calmer sa colère.) Nous pouvons partir demain pour un jour, ou plus, si cela peut vous réconforter. Dites-moi ce que vous voulez, ma fille. C'est à vous de décider.

— Nous absenter ? Mais pourquoi ?

— Alice, ma sœur, a été victime d'une crise cardiaque, nous pourrions aller lui rendre visite. Je l'ai appris après votre départ, par un pli qu'est venu m'apporter un cocher.

— Oh ! pauvre tante Alice ! J'espère qu'elle est déjà en train de se rétablir ! s'exclama Farica.

Lady Burton, la sœur de sir Robert, habitait à une vingtaine de kilomètres du Prieuré. Farica ne tenait pas à s'absenter ce jour-là car Ivan pouvait avoir besoin d'elle ; mais puisqu'il quittait la région le lendemain à l'aube, elle pouvait en faire autant de son côté. Elle suggéra donc à son père de préparer leur départ.

— Si nous voulons arriver chez elle pour le déjeuner, il nous faudra partir de bonne heure, proposa sir Robert. Ainsi, nous la verrons et tâcherons de rentrer pour dîner à la maison.

— Je préfère cette solution, dit Farica. Le confort, chez ma tante, est plutôt précaire et je ne tiens pas à y prolonger mon séjour.

— C'est aussi mon avis ! Je demanderai à James et Henry de nous escorter, pour nous éviter tout désagrément. (Il se tut un instant puis ajouta, comme s'il se parlait à lui-même :) Ils sont bons tireurs quand il le faut.

— Vous avez raison, papa. Nous serons plus tranquilles.

— N'est-ce pas une honte d'avoir à se protéger de ses propres voisins ? s'écria sir Robert. Je vous assure bien que j'aimerais mieux vous voir morte que mariée à ce monstre criminel !

Ce retournement donna à Farica une envie de sourire qu'elle réprima.

Son père aurait été bien plus en colère encore s'il avait eu connaissance des meurtres organisés par le comte, et de l'impitoyable chasse à l'homme à laquelle il se livrait contre Ivan.

La jeune fille se leva pour embrasser son père tendrement.

— Je vous adore, mon cher papa, mais je vous en supplie, ne parlons plus du comte. Son seul nom me terrifie !

— Un monstre ! voilà ce qu'il est, grommela sir Robert pour conclure.

7

Farica se réveilla à l'aube mais préféra s'abstenir d'aller rejoindre Ivan comme elle le souhaitait : son absence ne fût pas passée inaperçue et eût été difficile à justifier.

Son père ne devait encore apprendre ni le retour d'Ivan ni sa présence dans la maison de poupée. Lorsque sir Robert rencontrerait le fils du vieux comte, ce devait être en tant que sixième tenant du titre de Lydbrooke et non comme un fugitif, harcelé par son propre cousin.

La jeune fille choisit dans sa garde-robe une élégante tenue de voyage avec un châle assorti à son chapeau.

Une fois prête, elle descendit prendre son petit déjeuner en compagnie de son père qui, aimant parfois à se lever de bonne heure, sortait de son bureau.

Il avait probablement dû jeter un coup d'œil aux plans de l'ardoisière.

Farica espérait qu'Ivan aurait avalé une solide collation avant de faire la longue route de Londres. Il devait aussi s'arrêter une nuit pour permettre aux chevaux de se reposer. Elle frémissait à l'idée de le savoir à la merci d'un Riggs ou d'autres assassins de son acabit ou encore dans une auberge isolée, sans protection, sans aide. Puis elle se ressaisit et se contraignit à plus de fermeté ; elle ne devait pas oublier qu'Ivan la considérait comme une femme courageuse.

— Plus tôt nous partirons, mieux ce sera ! déclara sir Robert en se levant de table. Je m'attends à trouver votre tante en pleine forme et médusée de nous voir arriver.

Farica, qui connaissait bien sa tante, éclata de rire.

Elle alla prendre ses gants et son sac, et attendit que son père fût prêt. Il avait encore à coiffer son haut-de-forme et à enfiler les gants de chevreau que lui tendait un valet de pied.

— Comme vous êtes élégant, aujourd'hui, papa ! J'adore votre boutonnière.

Sir Robert baissa les yeux sur l'orchidée qui ornait le revers de sa jaquette et sourit.

Farica lut sur le visage de son père une expression quelque peu nostalgique et comprit qu'il pensait à la collection d'orchidées de Lyde, qu'il admirait tant et qui lui était désormais interdite.

Ils s'installèrent dans un phaéton d'un modèle ancien, sans comparaison avec celui du comte, mais confortable, et tiré par quatre splendides chevaux.

Le jeune cocher cessa de les retenir et sauta sur son siège, à l'arrière de la voiture, et l'attelage s'ébranla. Il faisait frais. Le soleil n'avait pas encore réchauffé l'atmosphère, mais l'idée qu'Ivan pourrait souffrir de la chaleur pendant sa longue chevauchée désespéra Farica.

Ils passèrent le portail et empruntèrent la route qui menait au village. La jeune fille ne pouvait s'empêcher de scruter les buissons, de crainte d'apercevoir Riggs ou ses complices.

Comme ils s'approchaient de l'auberge de *L'Oie et du Renard*, Farica sursauta : tout le monde était rassemblé sur la place.

— Que se passe-t-il, papa ? demanda-t-elle, soudain affolée.

— C'est étrange, répondit sir Robert. Je vais aller aux nouvelles.

Il fit tourner les chevaux et les dirigea vers la petite foule.

Lorsqu'elle découvrit le spectacle, Farica, horrifiée, étouffa un cri. Sur le pas de sa porte, le malheureux Abe était maintenu par Riggs et l'un de ses robustes acolytes, un gourdin à la main.

Les gens attroupés vitupéraient autour d'eux. Des hommes brandissaient qui des fourches, qui des faux, qui des haches. Leurs cris rendaient impossible une claire compréhension de la situation, mais l'objet de leur fureur était évident.

Ils en avaient après Abe.

Soudain, Farica reconnut Fergus, de dos, qui descendait de cheval. Effrayée, elle posa sa main sur le genou de son père pour le prévenir.

— Je voudrais bien savoir ce qui se passe ! s'exclama sir Robert d'un ton irrité.

Au même instant, la voix de Riggs couvrit le tumulte :

— On ne peut rien en tirer, monsieur le comte !

Un silence inquiétant tomba. La foule guettait la réponse.

— Rouez-le de coups ! ordonna Fergus d'un ton sans réplique. Cela lui rafraîchira la mémoire. Je ne connais pas de meilleur moyen pour délier la langue d'un homme.

Farica s'était levée et s'égosillait pour se faire entendre. Puis, brusquement, la situation bascula. Une hache, lancée par une main anonyme, vint frapper le comte à la gorge. Il tituba et s'effondra sur le sol.

La foule, laissant libre cours à ses pires instincts, se rua sur lui pour lacérer son corps inerte.

Non loin de la dépouille sanglante de Fergus, son cheval se cabrait de terreur. Riggs brandissait toujours son gourdin, prêt à l'abattre sur la tête de ce pauvre Abe. C'est alors que l'homme de main du comte eut la jambe entaillée par un coup de faucille, tandis que son complice était assommé à coups de pelle.

Un si grand vacarme accompagna ces événements qu'on pouvait croire au déferlement d'une horde de bêtes sauvages.

Farica, qui avait subi de si douloureuses épreuves en quelques jours, était glacée d'horreur, les mains croisées sur sa poitrine, quand par miracle Ivan apparut sur Pégase, suivi de Hagman sur Waterloo.

Cette arrivée imprévue fit reculer les assaillants.

D'un coup d'œil, Ivan saisit la situation : son cousin était en sang ; Riggs restait prostré, couché dans la poussière ; son acolyte, maîtrisé, n'osait plus bouger.

Comme si, soudain, elle se sentait coupable et prenait conscience de son geste fou, la foule demeurait silencieuse. Après avoir confié Pégase à un jeune garçon, Ivan monta sur une table de chêne autour de laquelle les villageois avaient coutume de se réunir pour boire de la bière ou du cidre.

Farica le vit métamorphosé. Ivan était d'une extrême élégance. Elle comprit en un éclair que Hagman lui avait rapporté quelques pièces de sa garde-robe du château.

Il s'adressa à ses gens, en toute simplicité.

— Par la grâce de Dieu, je vais succéder à mon père. Je suis le sixième comte de Lydbrooke. Je n'ai pas été tué à Waterloo comme la rumeur en a couru ! (Il y eut des chuchotements, puis le silence se rétablit). Malgré les longues années qui se sont écoulées, beaucoup d'entre vous se souviennent encore de moi. J'ai été blessé au champ d'honneur. Des événements regrettables se sont produits durant mon absence. J'ai besoin de votre aide pour rétablir l'ordre dans la tradition de mon père et de mes ancêtres.

» Il va sans dire que les personnes licenciées par mon cousin reprendront leur travail dans les plus brefs délais, les Prosper et les Bradshaw réintégreront leurs fermes. Ensemble, nous aplanirons les difficultés ; car il y en aura. Je remercie Dieu de m'avoir sauvé la vie. Prions pour qu'Il nous apporte Son aide.

Un hourra fervent accueillit cette déclaration : les uns brandirent ces mêmes outils qui, un instant auparavant, se voulaient meurtriers, d'autres agitèrent leur mouchoir et leur chapeau.

C'était la liesse.

La spontanéité et la sincérité du discours d'Ivan avaient ému Farica au plus profond de son cœur. Des larmes d'émotion ruisselaient sur ses joues, l'empêchant d'admirer Ivan qui serrait les mains tendues et répondait aimablement aux applaudissements.

Sir Robert jeta un regard sur les yeux noyés de larmes de sa fille :

— Laissons notre héros du jour à son triomphe. Nous aurons tout le temps d'aller lui rendre visite pour le féliciter. Ne sommes-nous pas voisins ?

Sans attendre la réponse, il fit claquer son fouet pour lancer ses chevaux au trot. Farica se retourna pour regarder une dernière fois Ivan acclamé par le village. Tout allait rentrer dans l'ordre, enfin !

Sir Robert et Farica trouvèrent leur parente bien remise de son attaque et, comme prévu, surprise de constater qu'ils avaient pris la peine de faire le chemin jusque chez elle.

Farica trouva quelque peu étrange que son père ne lui fasse aucun commentaire sur les événements dont ils avaient été les témoins involontaires. Elle s'en réjouissait d'une certaine façon, car elle était encore bouleversée par le spectacle de Fergus tué sous ses yeux, et de Abe menacé sauvagement par Riggs. Elle croyait avoir vécu un cauchemar. Le comte avait peut-être subi le sort qu'il avait mérité, mais la jeune fille ne pouvait chasser de son esprit la vision des villageois s'acharnant sur son cadavre.

Désormais, Ivan avait les mains libres, nul besoin de continuer à se cacher et à se protéger contre son cousin. Son voyage à Londres devenait inutile. Elle était persuadée que Lyde retrouverait en quelques jours la sérénité d'antan qui faisait son charme et adoucissait la vie de chacun.

A deux heures, ils prirent le chemin du retour. Farica attribua le mutisme de son père à son tact, à l'amour qu'il lui portait et à leur entente parfaite qui pouvait se passer de discours.

— Seriez-vous décidée à partager avec moi vos petits secrets ? interrogea sir Robert. (Farica lui lança un regard étonné.) Dois-je comprendre que vous ne faites plus confiance à votre vieux père ? Il m'a semblé que le nouveau comte montait Pégase ? Je ne puis imaginer qu'il soit allé l'emprunter dans mes propres écuries. Le lui auriez-vous prêté ?

— Vous avez raison, papa, souffla Farica. C'est moi qui lui ai prêté Pégase, et maintenant, il est temps que vous sachiez toute la vérité sur cette affaire...

— Pourquoi n'êtes-vous pas venue vous confier à moi plus tôt ? demanda sir Robert, un peu vexé par les cachotteries de sa fille.

— La réponse est très simple, papa : vous faire part de ma découverte, du reste fortuite, était signer votre arrêt de mort ! Ne croyez pas que j'aie agi à la légère ou dans le but de vous cacher quoi que ce soit.

Son père pâlit d'effroi. Farica lui raconta ensuite par le menu son étrange aventure, trop fantastique pour être vraisemblable.

Sans l'interrompre, il l'écouta jusqu'à la fin. Veillant à ne pas être entendue par le cocher, à l'arrière de la voiture, la jeune fille parlait à voix basse penchée vers son père.

Elle relata enfin le projet d'Ivan d'aller à Londres pour y rencontrer son colonel et lui demander son appui.

— C'était la seule solution, approuva sir Robert. Quoique, fatalement, un scandale eût éclaté, et il est probable que Fergus Brooke, par dépit, eût alors ajouté un autre crime à sa liste déjà bien longue.

— C'était un homme rusé, doublé d'un beau parleur et d'un séducteur. Il fallait être très perspicace pour découvrir sa cruauté et le démasquer.

— J'ai manqué d'intuition, avoua sir Robert avec une note de regret. Mon expérience des hommes aurait dû me faire comprendre le danger qu'il représentait pour vous. (Il se tut un instant avant de reprendre :) Je vous demande pardon, ma chérie. Je me suis laissé aveugler par mon ambition et Dieu seul a empêché cette alliance odieuse qui ne vous aurait apporté que du malheur.

Sir Robert ne questionna pas Farica davantage, et ne chercha pas à lui faire préciser ses relations avec Ivan. Avait-il une idée des sentiments qui les unissaient secrètement ?

Chemin faisant, ils traversèrent le village, aussi paisible que d'habitude. Les événements du matin n'avaient laissé aucune trace.

Farica se promit d'aller, dès le lendemain, prendre des nouvelles d'Abe.

Lorsqu'ils arrivèrent au Prieuré, le majordome les attendait. On lisait de la consternation sur son visage. Pour éviter d'entendre son triste récit, Farica se hâta de gagner sa chambre.

Sa femme de chambre l'aida à se préparer pour le dîner et à passer une robe de soie.

— Miss Farica doit déjà être au courant...

— Oui, Emily, je sais tout, coupa Farica. Je préfère ne pas en parler.

Elle sortit de la pièce précipitamment et descendit au salon. Là, près de la cheminée, un homme attendait, debout. C'était Ivan.

Le visage rayonnant de bonheur, elle s'élança vers lui et se jeta dans ses bras. Ils échangèrent un baiser passionné, tout à la joie et au plaisir d'être de nouveau réunis.

— Ma douce ! Ma chérie ! dit Ivan. Il fallait que je vous voie ! Je vous dois tout ! Puis-je mendier la faveur de dîner avec ma merveilleuse voisine ?

Farica ne put retenir ses larmes et Ivan lui embrassa doucement les paupières avant de reprendre ses lèvres. Plus rien n'était important pour elle, sauf les battements du cœur amoureux qui palpitait contre le sien.

— Je vous aime ! Dieu seul sait que je suis fou de vous ! Je veux vous épouser sans attendre et suis venu tout droit demander votre main à sir Robert. Pour remplir mes devoirs, j'ai besoin de votre présence à mes côtés.

Farica n'eut pas le temps de répondre : déjà, il l'embrassait et la serrait dans ses bras à l'étouffer.

La porte s'ouvrit, ils s'écartèrent l'un de l'autre pour saluer sir Robert.

A la sortie de l'église, tout le village était assemblé pour acclamer les jeunes mariés et leur lancer des pétales de roses.

Un diadème étincelant coiffait Farica ; mais les diamants qui l'ornaient, aussi splendides qu'ils fussent, n'atteignaient pas l'éclat de son regard.

Le couple salua la foule, franchit un arc de triomphe fleuri et se dirigea vers Pégase, couvert de fleurs lui aussi, et qui attendait paisiblement.

Farica et Ivan montèrent dans un cabriolet tout décoré de lis blancs et reçurent de bonne grâce une autre pluie de pétales de roses. Pégase suivit le cortège et se cabra pour montrer qu'il ne goûtait guère ce genre de parades.

— Sir Robert, avait dit Ivan, je sais que vous souhaitez que la réception de notre mariage ait lieu au Prieuré, mais je vous demande la permission de l'organiser au château de Lyde. (Le père de Farica avait paru étonné.) Mes gens ont tant souffert des procédés et des mauvais traitements de Fergus que je leur dois une fête en guise de réparation. (Ivan avait remarqué l'expression entendue sur le visage de son interlocuteur.) Je ne veux pas qu'ils ressassent leurs mauvais souvenirs et je souhaite que Farica et moi-même leur offrions un avant-goût de ce que sera la vie chez nous, désormais. Qu'ils aient enfin de joyeux sujets de conversation !

— Votre mariage, par exemple ! s'était exclamé sir Robert en riant.

— Ils seront ravis et ne tarderont pas à oublier cette triste période de leur vie, avait simplement répondu Ivan.

— Je vous félicite pour votre sagesse ; elle est exceptionnelle chez un jeune homme comme vous, avait dit sir Robert, ému, en posant affectueusement la main sur l'épaule de son futur gendre. Accordez-moi seulement d'amener avec moi tout mon personnel qui, pendant des années, a été tout dévoué à Farica.

— Excellente idée ! Je ferai dresser deux grands pavillons de toile sur les pelouses. Nos cadeaux, mais je doute que nous en recevions beaucoup, seront présentés dans la salle de bal. On offrira, comme le veut la tradition, des barriques de bière et des tonneaux de cidre, et l'on fera rôtir un bœuf entier. A la nuit, nous tirerons même un feu d'artifice !

— Quel programme ! Et que de bons souvenirs pour tous ces braves gens ! avait lancé sir Robert en riant franchement.

— C'est mon vœu le plus cher, avait conclu Ivan.

Quant à Farica, elle baignait en plein bonheur. Sa vie était brusquement devenue un conte de fées. Plus elle voyait son fiancé, plus elle l'aimait, et elle savait que la même chose valait pour lui.

— Où croyez-vous que nous devrions aller en voyage de noces ? avait demandé Ivan d'un ton enjoué.

— Vous avez une idée ! Je le vois bien. Dites-moi ce que vous préparez !

— Que diriez-vous de la maison de poupée !

— Mais nous serons trop à l'étroit, avait protesté Farica. Dites-moi ! Où m'emmenez-vous ?

— La réponse est simple : nulle part ! (Farica lui avait jeté un regard surpris.) Nous sommes encore sous le choc des épreuves de ces derniers jours. A quoi bon partir, voyager ? Nous avons besoin de nous retrouver chez nous, de nous sentir en sécurité. Bien sûr, je parle pour moi. (La croyant déçue, il avait ajouté :) Si vous y tenez vraiment, nous irons à Londres ou dans une de mes propriétés à Newmarket, dont je ne vous ai encore jamais parlé. Cependant, ma chérie, je serais tellement heureux si nous restions simplement chez nous, au château, pour commencer à nous occuper de tout ce que nous avons à faire.

— Rien ne pourrait me faire davantage de plaisir ! s'était écriée Farica.

— Est-ce bien vrai ?

— Comprenez-moi, la seule chose qui m'importe, c'est d'être avec vous, de rester avec vous, de vous voir, de vous parler...

— Dans ce cas, je vous réserve une surprise d'importance ! Mais vous ne saurez rien de mes projets, ils sont secrets. Vous devrez attendre le « grand jour », avait-il murmuré avec un sourire, en la prenant dans ses bras.

Pour Farica, le monde avait cessé d'exister et elle s'était laissé emporter par le tourbillon des caresses d'Ivan.

Tandis que, par une journée radieuse, ils approchaient de leur château, Farica tenait dans la sienne la main de son mari et remerciait le ciel d'être une femme comblée.

Leur mariage avait eu lieu quatre jours après qu'Ivan avait retrouvé intactes sa fortune et son rang.

Tous leurs vœux étaient exaucés.

La cérémonie et la réception avaient eu lieu dans l'intimité car ils portaient le deuil de Fergus. Aucune relation, aucun de leurs parents éloignés n'avaient été conviés à la noce. Les serviteurs les plus âgés, les fermiers, les jardiniers et les gardes-chasse de Lyde et du Prieuré, accompagnés de leurs épouses, se serraient sur les bancs de l'église. Abe et Hagman étaient fièrement assis au premier rang. Pour l'occasion, ils avaient revêtu leurs plus beaux atours.

Radieuse, Farica portait une robe somptueuse, celle que son père lui avait fait confectionner pour sa présentation à la Cour : aucune couturière n'aurait accepté de couper et de coudre en quatre jours une robe de mariée digne de son rang.

Son voile en dentelle de Valenciennes était retenu par un diadème de diamants assorti à une superbe parure, joyaux de la collection Brooke. Jamais Farica n'avait imaginé qu'elle porterait un jour de si beaux bijoux.

— Vous êtes ma princesse des mille et une nuits, ma chérie ! dit Ivan, profitant d'un moment de répit.

— Je veux toujours être la plus belle à vos yeux.

— Pourrait-il en être autrement ? répondit Ivan. Avant de vous rencontrer, je ne savais pas ce qu'était la beauté. Jamais une comtesse de Lydbrooke ne vous a égalée. Je veux que l'on suspende un portrait de vous dans chaque pièce du château ! Je veux pouvoir vous admirer à toutes les heures du jour, et même en votre absence.

— On me croira devenue bien orgueilleuse ! En tout cas, je vous interdis bien de porter les yeux sur une autre femme !

— Vous êtes unique ! Aucune autre femme au monde n'existe pour moi, déclara Ivan.

Et elle comprit à son accent passionné qu'il disait vrai.

Quand ils atteignirent Lyde, presque tous les villageois les attendaient ; ils avaient couru à travers champs pour essayer d'arriver les premiers. Les jeunes mariés reçurent les félicitations dans le hall du château. Ensuite, ce fut le moment d'aller admirer leurs cadeaux dans la salle de bal, puis ils se dirigèrent vers les pavillons de toile dressés pour l'occasion. C'est là qu'ils découpèrent leur gâteau de noces. Ensuite Ivan fit un discours et, à la nuit, dans cette atmosphère campagnarde et joyeuse, un feu d'artifice fut tiré sur le lac, illuminant les visages émerveillés des enfants.

— Et maintenant, où allons-nous ? demanda Farica après le départ de sir Robert.

— J'ai prévu un souper en tête-à-tête, dit Ivan, mystérieux.

— Où cela ?

— C'est une surprise !

Farica avait cru qu'ils occuperaient les appartements des comtes de Lydbrooke et qu'elle prendrait possession de la chambre de la mère d'Ivan. Mais son mari l'entraîna dans une partie du château qu'elle ne connaissait pas.

Ils pénétrèrent dans un salon rempli d'orchidées qui embaumaient. Elle ne put retenir un cri d'admiration.

— J'ai décidé de faire rafraîchir le décor des appartements que nous occuperons dans l'avenir, expliqua Ivan. Pendant cette période, j'ai pensé, mon amour, que nous serions plus heureux ici, où j'ai habité jusqu'à mon départ pour la guerre. Personne n'y a vécu depuis lors.

Farica apprécia le tact d'Ivan : il ne voulait pas la contraindre à passer sa nuit de noces dans une pièce tout imprégnée du souvenir pénible de Fergus. En la faisant transformer, son mari effaçait à jamais toute trace de leur sinistre parent. Elle se rapprocha de lui et il l'étreignit.

— Venez voir, ma chérie, la chambre dans laquelle nous passerons notre première nuit ensemble. Aucun bruit des festivités ne nous parviendra, ici.

Il la prit par la main, ouvrit une porte et ils entrèrent dans une pièce qui avait été métamorphosée en un véritable nid d'amour.

Un immense lit à baldaquin dont les rideaux rappelaient la couleur des yeux de Farica avait été apporté d'une autre chambre. Et partout, sur chaque meuble, des bouquets de fleurs odorantes étaient disposés avec goût.

C'était un paradis pour Vénus !

— Quelle merveille ! s'écria Farica. Merci, mon amour, d'avoir préparé cette chambre avec un si grand art.

Elle l'embrassa doucement et Ivan goûta toute la sensualité qui s'éveillait en Farica.

Quand ils retournèrent au salon, les domestiques leur avaient déjà apporté leur souper. Ils s'assirent et Ivan remplit deux coupes de champagne.

— A ma femme, dit-il en levant sa coupe. Avec toute la reconnaissance que je lui dois !

— A l'homme le plus merveilleux du monde ! répondit Farica en sachant que son compliment séduirait Ivan.

Ils prolongèrent leur repas par des caresses et des baisers, et furent interrompus par l'arrivée des domestiques qui, au lieu de desservir, emportèrent la table avant de refermer sans bruit la porte derrière eux.

Ivan enlaça Farica et l'entraîna au balcon où ils s'accoudèrent pour admirer la beauté sereine du jardin.

— Combien de fois n'ai-je pas rêvé, en Espagne puis en France, avoua Ivan, de ce paysage incomparable ? (Dans un élan de tendresse, Farica appuya sa joue contre celle de son mari.) Dans mes rêves, une femme se tenait toujours près de moi. Je sais maintenant que c'était vous !

— Croyez-vous que nous nous sommes déjà rencontrés, dans une vie antérieure ? demanda Farica, énigmatique.

— Peut-être avons-nous cherché à nous rencontrer pendant des milliers d'années. Aujourd'hui, nous nous sommes trouvés et resterons unis pour l'éternité.

— Je voudrais le croire.

— Moi, je le crois ! Vous seule, ma chérie, avez su tomber amoureuse d'un homme persécuté et ayant pour tous biens un cheval, un pistolet et quelques deniers.

— Mais vous n'aviez rien perdu de votre fierté, chuchota Farica. Je craignais tant de vous voir refuser la moindre chose venant de moi.

— Il est vrai que je n'aurais osé envisager d'épouser une femme plus fortunée que moi ! Moins encore de la convoiter pour sa fortune !

— Ma fortune vous dérangerait-elle ? interrompit Farica.

— Je vais vous avouer quelque chose, répondit Ivan. Grâce à vous, j'ai compris que seul compte l'amour. L'argent n'a aucune importance.

— Vous me dites la vérité, n'est-ce pas ? Je serais malheureuse si jamais vous deviez m'en vouloir un jour d'être... aussi riche.

— Tout dépend de nous, ma chérie, répondit Ivan avec fermeté. Ce château est à vous, vous êtes la maîtresse du personnel. Mettons en commun tout ce que nous possédons, sans plus tergiverser !

— Oh ! Ivan chéri, s'écria Farica, vous me rassurez ; je craignais que vous ne soyez embarrassé par...

Les lèvres d'Ivan l'empêchèrent de poursuivre. Elle sentait son cœur battre la chamade.

— Je connais la meilleure façon de prouver à son épouse bien-aimée qu'il ne sera plus jamais question de discuter la provenance des biens de chacun. Voulez-vous que je vous la révèle ?

Farica le regarda avec amour, sensible au sous-entendu. Ivan l'étreignit tendrement et, enlacés, ils se dirigèrent vers leur chambre.

Le lit était préparé et un petit chandelier à deux branches diffusait une chaude clarté. Ivan serra sa femme contre lui et retira les épingles qui maintenaient sa chevelure cuivrée. Il dégrafa adroitement sa robe qui tomba sur le sol dans un doux bruissement de soie.

Une timidité soudaine fit baisser les yeux de Farica et elle posa son front sur l'épaule de son mari. Ivan la souleva pour la déposer sur le lit, et s'allongea près d'elle.

Ils ne s'étaient jamais sentis aussi proches et Farica fut submergée par un sentiment de bonheur indicible, emportée par la vague puissante de leur amour.

— Je vous aime ! balbutia-t-elle en effleurant les lèvres d'Ivan.

— Moi, je vous adore, ma chérie, dit-il. Nous allons nous unir et ne faire plus qu'un. Ce qui est à vous est à moi, et ce qui est à moi vous appartient. Le plus important, mon cher trésor, est de vous avoir à moi. Je ne vous laisserai jamais m'échapper !

Avec une ardeur farouche, il se mit à embrasser son cou, ses épaules et sa poitrine.

Farica gémissait de bonheur et sentait tout son corps brûler de désir. Contre celui de son mari.

— Je t'aime, Ivan, je t'aime tant... prends-moi... je veux être à toi, supplia-t-elle.

— Tu es à moi, murmura Ivan. Tu es ma femme ! Rien ne nous séparera plus.

Quand ils firent l'amour, Farica comprit pourquoi Ivan lui avait dit qu'ils ne formeraient plus qu'un.

Leurs corps étaient unis, mais aussi leurs cœurs et leurs âmes. Leur amour venait, émanait d'un Dieu unique.

Ils étaient seuls au monde, les fleurs exhalaient leurs parfums les plus délicats, une musique angélique résonnait à leurs oreilles, et les étoiles dans le ciel étaient là pour les protéger.

2757

Impression Brodard et Taupin
à La Flèche (Sarthe) le 22 février 1990
1393C-5 Dépôt légal février 1990
ISBN 2-277-22757-9
Imprimé en France
Editions J'ai lu
27, rue Cassette, 75006 Paris
diffusion France et étranger : Flammarion